Pierrette Fleutiaux

Sauvée !

Gallimard

En courant

Je suis allée courir au parc. Il faisait chaud. À peine au milieu de la rue Legendre, j'ai regretté de n'avoir pas pris une bouteille d'eau. Mais où la mettre quand on court ? La rue Legendre descend tout droit à travers le quartier commerçant. Au carrefour de la rue de Lévis, sur la placette, s'est installé un nouveau kiosque à journaux, et j'ai regretté aussi de ne pouvoir prendre une revue.

En fait, je n'avais pas très envie de courir, la chaleur sans doute, qui modifiait les tropismes du corps.

Ce qui est agréable au parc – et en cela je le trouve bien supérieur au stade ou au club de sport –, c'est qu'il y a toujours quelque chose pour nourrir le regard : les arbres, les massifs, les parterres, très beaux ici, et les gens aussi dans leurs activités.

D'ailleurs ce jour-là, l'animation y était si grande – le soleil encore, qui le transformait en station estivale – que j'ai préféré aller sur un banc un moment, attendre que la chaleur passe, qu'un peu de monde s'en aille, que les allées se dégagent, et que mon désir de course revienne.

Mon désir de course, oui, c'était cela qui était en jeu, et je devinais bien que c'était grave.

Je me suis laissée tomber sur le banc et dans la même seconde je l'ai vue, elle : une femme qui passait devant moi à grandes enjambées souples.

Lorsque j'essaie de penser à sa tenue, il ne me vient que deux mots : « simple » et « adéquate », au lieu d'images. Et maintenant que je veux décrire le reste de sa personne, je m'aperçois que je ne peux le faire que par contraste avec la masse des autres joggeurs.

Son visage n'était pas tendu, ses yeux n'avaient pas ce regard fixe, presque fou qu'on voit à certains. Tout en elle était diamétralement autre. Elle ne portait pas son corps, c'était son corps qui la portait. Le sol de même, il la faisait rebondir au lieu de la retenir, et l'air surtout, l'air était pour elle un appel, une longue trouée déjà ouverte, et non pas ce mur invisible auquel il faut arracher si durement quelques bouffées... Tous les joggeurs comprendront ce que je veux dire par là.

Fascinée, je l'ai un peu suivie. Mais j'avais peur qu'elle n'entende mon souffle trop fort, mon pas irrégulier, qu'elle ne se retourne, et alors quelle honte ! Mon visage cramoisi et boursouflé, qu'en aurais-je fait ?

Je me suis assise sur un autre banc, attendant son prochain passage, et elle est passée, une sueur éclatante brillait sur ses épaules, un tour, bientôt quatre, cinq, dix. Il faut dire que, à mon maximum, je n'en fais jamais plus de trois. Et soudain, je l'ai perdue de vue.

J'ai senti un grand chagrin, comme s'il n'y avait plus personne au monde. Oh comme j'étais seule ! Je me suis mise à courir un peu, à trottiner pour être exacte, car c'était cela que j'étais devenue : une enfant, perdue.

Je me suis alors aperçue – en fait je le savais, mais ce savoir n'avait pas encore eu l'occasion de se présenter nettement – qu'une pelouse avait été ouverte aux enfants.

Une quantité de gens qui n'étaient ni des enfants ni des parents s'y trouvaient allongés. Pas trop quand même, ce qui m'a permis de l'apercevoir, elle.

Elle était debout, son beau corps droit comme un rayon de soleil, au bord de la pelouse. J'ai compris qu'elle allait s'installer là, elle aussi, et se donner une détente méritée.

Juste à ce moment, un groupe d'ânes et de poneys passaient dans l'allée de la Comtesse-de-Ségur, mobilisant momentanément l'attention. J'en ai profité pour me glisser sur le banc le plus proche – mon troisième banc de l'après-midi –, retombant dans mon idée de courir un peu plus tard, lorsque les circonstances climatiques et démographiques seraient meilleures.

Je ne m'étais pas trompée, elle s'installait.

Voici en effet qu'elle sort de sa poche de short une serviette de plage, sur laquelle aussitôt elle pose les pieds. Mais ce n'est pas tout. Maintenant elle sort de la même poche une bouteille d'eau minérale, si fraîche que je vois presque l'eau descendre en elle comme le long d'un fût de cristal transparent. Oh que j'avais soif !

Après, elle a sorti de sa poche une pomme, une grappe de raisin, une grosse paire de lunettes de soleil, une paire de lunettes de lecture, une petite machine à écrire extraplate, un dictionnaire, un coussin, une corde à sauter, un appareil photographique, un walkman, deux cassettes, et tous ces objets furent utilisés en bon ordre, la corde à sauter d'abord, une bonne centaine de sauts, puis les fruits, mangés bien sûr, puis le coussin pour poser la machine à écrire, le dictionnaire à portée de la main et le walkman sur les oreilles.

Ah, seul l'appareil photo ne semblait pas avoir trouvé son utilité. Il était là, ouvert, tout prêt à fonctionner pourtant.

Un homme sur la pelouse observait tout cela. À voir cette personne pleine de ressources, l'envie lui est venue de l'approcher.

Il s'est planté devant elle, elle l'a regardé de derrière ses grosses lunettes de soleil.

Aussitôt il a sorti de sa poche un pack de bières, une liasse de dossiers, une casquette à grande visière, un ordinateur avec écran (le modèle que je convoite, portable, trop cher hélas), et un appareil de musculation. Mais ce dernier objet avait déjà dû remplir sa fonction, car il l'a posé sur la pelouse sans y porter attention. D'ailleurs son corps était très beau, musculeux et doux, avec cette ombre comme végétale sur les bras, la poitrine et la ligne médiane du ventre, que je trouve toujours si profondément émouvante.

Enfin, il a sorti de sa poche un bébé si dodu et rieur que les seins se tendaient rien qu'à le voir.

Elle avait baissé ses lunettes. Il pouvait plonger tout droit dans ses yeux, et il a dû y lire que tout cela était à sa convenance car il s'est enfin assis à côté d'elle.

Le bébé devant eux s'est mis à jouer avec les deux poignées de la corde à sauter, elle lui a fait boire un peu de l'eau de sa bouteille, lui il ouvrait deux bières (oh la mousse jaillissante), et lorsqu'ils ont été confortablement installés côte à côte, il a commencé à lui montrer ce qu'il y avait dans sa liasse de dossiers.

Je m'étais allongée sur le banc, comme une personne qui veut bronzer. En inclinant un peu la tête – ils étaient absorbés et j'espérais qu'ils ne s'apercevraient pas de mon manège –, j'arrivais à voir, à deviner ce qu'il y avait sur les pages.

Il m'a semblé que c'était le dessin d'un grand barrage. Mais le vent s'est soulevé, faisant bouger les feuilles des arbres et du coup leurs ombres sur le dossier, et finalement ce que j'apercevais était peut-être une plate-forme pétrolière. À moins que ce ne soit un satellite, impossible de bien se rendre compte avec ce soleil si vibrant et ces ombres mouvantes qui transformaient le dessin en kaléido-scope.

Pour appuyer ses explications, l'homme s'est mis à tapoter sur l'ordinateur, mais l'écran me tournait le dos, et cette fois impossible d'y aller voir sans me faire remarquer.

Le bébé, lui en revanche, s'était glissé carré-ment devant et ce qu'il voyait semblait beaucoup l'amuser, après tout ce n'était peut-être qu'un des-sin animé. Je me fais souvent comme ça de grandes idées sur la science des autres, quand même ce bébé ne savait pas déjà lire un ordina-teur !

De toute façon, ce qui était hors de doute, c'était la beauté de ce trio, de ces trois corps mode-lés chacun à sa manière, brillant au soleil, et si proches les uns des autres qu'ils semblaient à chaque instant échanger leur force vitale, et ainsi s'enrichir indéfiniment d'encore plus de force vitale.

Tant de bonheur finit par troubler.

Je me suis sentie mal, quelque chose n'allait

plus. Je me suis levée pour partir, et là, un minuscule événement s'est passé, qui m'agite lorsque j'y
pense, bien que je n'y trouve pas de raison.

Au moment où je partais, la femme a négligemment soulevé son appareil photo et appuyé sur le
déclic. Comme ça, au hasard, sans même vraiment
regarder. Mais il se trouvait que l'objectif était
tourné vers mon banc.

J'ai couru – petits pas de course – jusqu'à la
grille. De là, heureusement, on ne voit plus la
pelouse réservée aux enfants. À la grille, j'ai fait
quelques étirements (on s'accroche aux barreaux,
cela facilite) tandis que le groupe habituel de Por-
tugais jouait au palet.

Puis je suis sortie, achetant le journal au mini-
kiosque dehors. Coup d'œil à l'entrée du métro,
balustrade verte et lampadaires roses style nouille
des années 1910, feu vert feu rouge, et enfin la rue
Legendre.

J'ai pensé que j'avais couru, tout compte fait.
Pas d'affilée, pas vigoureusement, mais l'un dans
l'autre, j'avais bien fait mes deux tours régle-
mentaires. Rien n'empêchait aussi que je revienne
plus tard, à la fraîcheur, quand les promeneurs
sont au dîner et les enfants couchés.

Je me suis arrêtée à la terrasse du café Seuret
pour lire mon journal. Des voitures et motos
venaient chercher refuge le long du trottoir,

échangeant leurs places dans un continuel effort de pneus et de moteurs. S'ajoutaient à cela, côté rue piétonnière, les grands coups de gueule des commerçants du marché Lévis.

Le serveur est venu me faire son brin de cour habituel. Il m'a offert un verre cette fois. « Vous avez l'air regonflée », m'a-t-il dit.

Regonflée, en effet, j'étais toute pleine du trio de la pelouse, mais surtout contente.

Oui pas de doute, contente.

« C'est la course, ai-je dit au serveur. J'ai bien couru. »

Sauvée

Que se passait-il ?

Quelque chose d'énorme, d'absolument révoltant était assis sur la ville. On était dessous, pris par surprise, déjà assommés, sans espoir de pouvoir se dégager.

J'ai fait un grand effort. Du coup la chose s'est un peu dégonflée, elle n'était plus maintenant que sur mon quartier. Oui, je sentais que cela ne dépassait pas le boulevard des Batignolles au sud et l'avenue de Clichy au nord. Le reste de la ville n'était pas atteint. Il y aurait possibilité de retournement, la chose n'avait pas débordé les grandes frontières.

Au bout d'un moment, j'ai compris qu'elle n'occupait que ma rue, la rue de B..., très petite.

J'ai articulé des pensées. Ce qui m'avait alertée était un bruit. On devait être au matin, comme la nuit avait été brève ! Le bruit était sûrement le camion poubelle. En ce cas, impossible de se mettre en colère. Il faudrait plutôt remercier le sort d'être entre des draps et non pas dehors à remuer des ordures sous les yeux morts des immeubles. Pauvres silhouettes noires, confondues avec le noir de la machine et le noir de l'aube !

Seulement ce n'était pas l'inoffensif camion poubelle accomplissant son devoir.

On aurait dit en fait qu'une perturbation cherchait une cible, un point vulnérable pour s'y enfoncer. Et c'était si facile d'en trouver un ! J'étais là, moi, percluse de cauchemars, de rêves, de souvenirs.

Sous ma fenêtre, un moteur ronflait depuis un moment et continuait de ronfler.

C'était donc cela, la chose à moi destinée.

Des voix jeunes s'élevaient au milieu du bruit du moteur. Qu'est-ce qu'elles disaient ? Je voulais dormir, ne pas écouter, mais c'était inutile, les voix filaient directement dans ma tête. Et je savais exactement ce qui se passait.

Ils revenaient de chez leurs parents, ils rapportaient beaucoup de paniers, le bébé s'était réveillé, ils avaient même le téléviseur à monter, et naturellement pas de place pour se garer un moment dans cette rue trop étroite. « Tu n'as qu'à rester au milieu », disait-elle. Après tout, il n'était que minuit, minuit et demi, bon une heure peut-être, et dire que toutes les fenêtres étaient éteintes !

« Tais-toi, disait-il, tu vas les réveiller, les pauvres ! » Et la jeune femme riait, avec son couffin dans un bras et un grand sac à rayures dans l'autre. « Mais non, ils sont sourds, à leur âge ! » répondait-elle bien fort. « Après tout, ça les regarde, s'ils veulent se coucher comme les poules », disait le jeune homme en tirant sur la télé coincée entre les vélos à l'arrière. Les vélos grinçaient. Et le moteur ronflait, ronflait.

Enfin ils ont réussi à tout débarquer. La voiture s'est éloignée, lui parti au garage, elle montant la garde auprès des bagages, avec le bébé qui commençait à se faire entendre.

Ensuite, les motos.

Ils les alignent sur la partie du trottoir en décrochement de l'autre côté de la rue. Mais pourquoi était-ce si long de ranger ces motos ? Je le savais parfaitement sans bouger de mon lit.

Ils détachaient leur casque, puis se penchaient sur quelque point de la carrosserie, un débat s'ensuivait, finalement on pensait à arrêter le moteur. Mais alors les voix éclataient comme des grenades. Encore assourdis, ils criaient sans s'en rendre compte. Toujours les mêmes choses : il s'agit de décider qui va monter quoi, si le copain part ou reste, quand on se rappellera.

J'avais oublié comme ces questions sont précieuses, comme elles nécessitent de répétitions, d'assurances. Et ensuite les bises qui n'en finissent pas, elles me sifflaient dans l'oreille, ces bises, et les rires, et les portes d'entrée qui explosent et qu'on croirait réduites en poudre à jamais et qui pourtant sont encore là au tour suivant.

La perturbation avait trouvé sa cible.

Des images entraient en effervescence dans ma tête dévastée : la jeune femme avec son bébé un soir d'été, dans la ville toute bruissante des retours de week-end... la jeune fille agitant sa queue-de-cheval au milieu des engins brillants, dans la nuit excitée de l'été... la jeune femme encore préparant le bain, le dîner, le lendemain... la jeune fille préparant des mensonges, des serments, et secouant toujours ses cheveux brillants...

Après les motos, il y a eu le silence.

Si loin pour moi, tout cela. S'il fallait maintenant se coucher si tard, et trimbaler tous ces objets, et s'emmêler avec tant de gens... C'était impossible, c'était un autre monde, il me semblait que des rides se creusaient en accéléré sur mon visage. Oh que la rue se taise !

C'est alors qu'une musique disco, amplifiée énormément, a jailli du pavé.

Une voiture de nouveau, qui montait lentement la rue, cherchant une épicerie encore éclairée, pour un dernier coca. L'autoradio était allumé, et le toit ouvrant ouvert, et le conducteur sans conscience aucune du vacarme qu'il promenait sous les fenêtres de cette rue endormie, en pleine nuit. Et il ne trouvait pas de coca, et il revenait. Ah cette quête exténuante ne l'affectait guère ! Il avait tout son temps, la nuit était chaude, la musique grandiose, et les pédales si dociles au pied.

L'orchestre disco s'est enfin évanoui, aussitôt s'est mise à gonfler la rumeur d'une fête dans les Îles.

Voix d'hommes et de femmes, roulant en vagues, querelleuses, flirteuses, les rythmes d'une biguine se balançant comme des palmes, des appels fusant les uns sur les autres et, pour couronner le tout, le feu d'artifice des moteurs démarrant de tous côtés.

Il devait être trois heures du matin, le night-club antillais du haut de la rue venait de fermer, les clients partaient, exaltés, joyeux, la tête brûlée de danse et de boissons. Ils m'abandonnaient dans les étages, tel un vieux paquet que personne n'aurait vu.

Une fois leurs grosses voitures parties, il semblait que plus rien ne pouvait arriver, que c'était la fin. Mais ce n'était que le signal d'un commencement.

Comme secrètement averties, de toutes les directions, les voitures non encore garées sont arrivées.

Effort passionné des moteurs, des pneus, elles étaient deux maintenant à vouloir remplir la place laissée vide par une seule, elles s'efforçaient et s'efforçaient, accouplant leurs pare-chocs, grimpant sur le trottoir, sans retenue, avec enthousiasme, et ensuite mêmes séances : grosses voix jeunes tout à leur affaire dans la rue, bises, appels...

Comme la rue avait changé ! Même les policiers du commissariat voisin avaient l'air d'adolescents.

Sur les vieux immeubles sombres, les rideaux opaques d'autrefois chutaient les uns après les autres, les tentures sévères, les papiers fanés, les meubles lourds se volatilisaient, et les appartements repeints de blanc écarquillaient de grands yeux clairs et avides sur les façades toutes requinquées.

Chaque jour, à un numéro ou un autre, la rue faisait une poussée d'emménagement. Pas avec les gros camions des firmes spécialisées, mais avec ces petites camionnettes de location qui sont si pratiques lorsqu'on est jeune, plein d'énergie et aidé d'une bande de copains qu'on peut rameuter à la dernière minute...

Il y en avait une maintenant en bas, encore des jeunes qui emménageaient, ils s'y prenaient la nuit pour éviter la circulation. Ça ne les dérangeait pas de s'activer à cette heure, leur corps ne rechignait pas, et bien sûr ils n'avaient pas réellement pensé au bruit de l'ascenseur, aux vieilles gens qu'un rien réveille.

Ils y avaient pensé un peu, juste un peu.

Bientôt les anciens habitants du quartier auraient disparu, ils semblaient de plus en plus courbés sur la laisse de leurs vieux chiens, ils seraient bientôt la minorité, et alors ça ne leur servirait à rien de maugréer dans la rue, de pencher à la fenêtre leur vieille tête outragée, ils n'auraient plus qu'à battre en retraite au fond de leur trou sombre, à poser leurs vieux os désajustés sur le lit, et écouter la vie rouler en bas ses courants désormais trop forts pour eux.

Lorsque le réveil a sonné, il m'a semblé que ma chair tenait à peine sur mon squelette, que mon squelette lui-même allait lâcher, et que mon âme toute noircie était prête elle aussi à se défaire avec eux.

Je me suis traînée jusqu'à la salle de bains, me suis brossé les dents sans allumer, m'appuyant lourdement sur l'engrenage des gestes habituels, puis la cuisine, le café, enfin je suis repassée dans le couloir, où il y a une grande glace.

Et là, j'ai bien été obligée de m'arrêter, à cause de cette personne que j'y voyais.

Je me suis approchée, je me suis penchée, j'étais stupéfaite.

Ce que je voyais dans la glace, c'était un être jeune, les cheveux pas gris, le visage pas décomposé, les yeux pas du tout éteints, et qui m'envoyait le message très vif d'une présence.

Mais bien sûr, c'était moi !

Quel soulagement ! Tout me revenait d'un coup, mes activités du jour, mon bébé qui allait passer (bébé devenu grand bien sûr) avec ses copains, ma sortie du soir.

C'était moi cette femme qui rentrerait cette nuit avec celui qu'elle aimait, dans l'accompagnement chaleureux du moteur et de la radio. Et qui rirait, rirait en montant dans l'ascenseur, oubliant de penser à ses vieux voisins, y pensant un peu, juste un peu.

Je suis retournée à la cuisine et me suis fait une autre tasse de café. Pour le plaisir, celle-ci.

Sauvée encore une fois !

Cela suffisait amplement pour l'instant.

Codéine

Je frissonnais, ma tête était très chaude et pourtant j'avais froid. Un grand vent soufflait dehors, faisant battre les fenêtres dans leur crémone avec des chocs violents, irréguliers, qui me faisaient sursauter. Mais je ne pouvais me résoudre à les fermer tout à fait, on n'était qu'au début de septembre et c'était la première journée troublée. Il avait plu à torrents toute la nuit. Pour la première fois de la saison, il n'y aurait pas besoin d'arroser les plantes des fenêtres.

Des phrases tournoyaient dans ma tête. Oui, ce vent semblait tout droit sorti des pages des journaux, comme s'il s'était levé des mots eux-mêmes. Il y avait un cyclone aux États-Unis, chaque jour on voyait les photos de vagues énormes à l'assaut des parapets, envahissant les rues, couchant les arbres. Des milliers de personnes avaient dû être évacuées vers l'intérieur des terres, mais surtout le typhon changeait sans cesse d'orientation, surprenant les météorologues, désorganisant les secours.

Il y avait eu une série de crimes aussi, commis à Los Angeles : la nuit, un homme entrait par les fenêtres, ligotait, torturait, tuait.

Ces pensées tournaient sans direction en moi. Elles explosaient à chaque choc des battants dans leur crémone, pour reprendre aussitôt leur agitation obstinée avec une violence accrue.

J'allais d'une pièce à l'autre, ne pouvant me donner à aucune tâche, tant cette turbulence dans laquelle j'étais prise était contraignante.

Je me suis mise sur mon lit, ce qui m'a soulagée un moment, puis quelques pleurs sont venus, ce qui m'a soulagée aussi. Maintenant je pensais plus clairement. Mais du même coup, ma situation m'est apparue en pleine clarté, et cette clarté était vraiment livide.

Il m'aurait fallu quelqu'un à cet instant précis, quelqu'un qui par sa simple présence aurait fait masse, m'aurait attirée hors de cette mauvaise passe, mais il n'y avait personne.

L'après-midi, j'avais pris le métro et sur le quai les gens m'avaient semblé, comment dire, des figures abstraites. Ils arrivaient, marchaient un peu, les autres se poussaient, cela s'arrêtait, d'autres arrivaient, cela recommençait, tout était impersonnel et un peu brouillé.

Le temps se faisait de plus en plus agressif. Chaque rafale de vent semblait aiguiser un peu plus l'humidité qu'avait laissée la pluie. Un tranchant invisible bougeait dans l'air, cherchant des lamelles à découper.

Comme attirés par ma faiblesse momentanée, des chagrins sont venus se pendre à moi, formes suppliantes, m'arrachant tout ce que je possédais, m'arrachant le cœur. Je me sentais démunie, si démunie. Je frissonnais.

J'ai fini par comprendre que j'avais une migraine.

Les migraines ne me sont pas choses neuves, mais par exception je n'en avais pas eu de l'été et j'avais comme oublié. La souffrance physique s'oublie, c'est son meilleur aspect. De plus, celle-ci n'avait pas attaqué le côté habituel de la tête. Elle s'était logée dans l'autre. C'est peut-être pour cette raison que je ne l'avais pas aussitôt reconnue.

À mon dernier voyage aux États-Unis, j'avais eu une énorme migraine, si énorme que j'avais dû aller à l'hôpital où on m'avait fait une ordonnance pour un médicament. Ce médicament avait été d'un secours formidable, de plus il avait fraternisé d'emblée avec mon corps. Plus tard, revenue en France, j'avais fait plusieurs tentatives pour en obtenir l'équivalent. Finalement c'est un médecin canadien, fils d'amis, qui m'avait envoyé les grosses gélules.

Dans sa lettre, il expliquait la composition du médicament : on y trouve entre autres de la codéine, la codéine est un narcotique léger, qui peut créer une accoutumance, euphorisant.

J'ai attendu un peu, puis j'ai vu que cette migraine ne serait pas une petite tempête, elle grossissait et grossissait, elle allait devenir cyclone. Je suis allée à mon tiroir et j'ai avalé une des précieuses gélules.

Après je me suis recouchée, sans doute relevée, j'ai dû lutter contre mes fantômes pleureurs, du temps a passé, le micmac habituel. Et puis soudain, je me suis rendu compte que la migraine ne me faisait plus tellement souffrir. Elle était là, certes, je savais bien qu'elle n'était pas partie, mais elle était comme enveloppée dans une couverture épaisse, comme si quelqu'un la maîtrisait d'une poigne puissante.

Oui, quelqu'un en moi veillait sur mon bien-être, surveillait les éléments déchaînés, et enfin je pouvais me laisser aller, me détendre. La sécurité était assurée.

Le délice, c'est qu'il n'y avait pas à chercher par qui ni comment. « La sécurité était assurée », voilà ce qui s'énonçait en toute évidence.

Dans cet apaisement nouveau, j'ai eu le loisir de m'apercevoir d'une seconde chose : c'est que je n'étais pas démunie.

En fait, je possédais beaucoup de choses. Elles avaient seulement été momentanément oubliées. Ces retrouvailles étaient une telle joie, un tel soulagement.

Tout s'arrangeait finalement, confirmant la promesse ancienne qu'on avait bien cru voir briller à travers la texture trouble des jours.

J'ai eu envie de faire la liste de mes possessions.

Cela semblait une occupation plaisante, et tout à fait appropriée au temps d'insomnie (il allait de soi qu'il ne fallait pas, malgré le mieux, quitter le lit, afin de ne pas mettre en danger la sécurité nouvellement acquise).

Une liste, c'est une tâche utile aussi, il suffit pour s'en convaincre de penser aux listes de courses, et je me sentais totalement justifiée d'entreprendre une telle tâche.

Et puis je voyais qu'il n'y aurait pas de difficultés. Mes possessions n'étaient pas très imposantes, elles ne faisaient même que de petites lentilles assez ridicules dans l'écrasante opulence du monde, mais justement là était mon bonheur, en ce point précis où d'ordinaire se trouvait mon malheur.

J'explique. D'ordinaire ces possessions, trop vulnérables, peu catégoriques, ne se laissaient pas facilement repérer. Je les distinguais à peine, et si je les distinguais, je n'arrivais pas à les attraper, et si j'arrivais à les attraper, je les trouvais insignifiantes et méprisables, et si par extraordinaire je ne les trouvais pas insignifiantes et méprisables, c'était fort bien, mais je ne savais pas quoi en faire.

Or cette fois, leur infirmité était leur avantage.

Elles surnageaient, ces petites possessions, elles
circulaient, elles sautaient presque à la figure, et il
était absolument clair qu'elles allaient me dire
d'elles-mêmes ce que je devais en faire.

La liste.
Eh bien d'abord, je possédais mes plantes.
Quatre ou cinq sur le rebord de ma fenêtre. Bien
arrosées par la pluie de cette nuit, elles devaient
être rutilantes et gonflées de sève. Elles me
venaient de ma grand-mère, ce qui m'a fait penser
que je possédais toutes sortes de souvenirs d'un
monde pratiquement disparu, celui de la pay-
sannerie de ce pays telle qu'elle avait dû durer
pendant des siècles. Je possédais en fait l'histoire
profonde de ce pays. Un énorme substrat, une
belle assise.
Par mes plantes, je possédais aussi la rue de B...,
très petite, mais pleine d'événements et de gens
que j'observais souvent de ma fenêtre et que maintenant – fait nouveau, incroyablement réconfortant – je pouvais poser sur la belle assise que je
venais de me découvrir.
De là, une foule de détails se mettaient en place,
que je m'appropriais avec satisfaction.
Plus la liste de mes possessions s'allongeait, plus
je me sentais légère. Tout le contraire de l'état de
fait précédent, où plus les choses pesaient, plus je
me sentais démunie.
Ma situation s'inversait, sans aucun doute.

Et voilà des visages qui maintenant s'épanouissaient vers moi, comme mes plantes tout à l'heure. Ouvrant sur un paysage encore plus vaste. Je possédais tant de choses !

Je possédais l'Allemagne de mon amie allemande, l'Espagne de mon amie espagnole, les États-Unis et le Canada déjà cités, et le Cambodge de mon épicier cambodgien, autrefois attaché d'ambassade pour son infortuné pays et demeuré parfaitement courtois dans son exil peu doré, et l'Afrique que j'aurais dû citer plus tôt, à cause de ma rue de B... qui mène à la rue des Dames et à l'avenue de Clichy où se sont ouverts les commerces arabes.

Mieux encore, je possédais les satellites de mon amie astronome, les satellites pleins d'antennes et de caméras pointées vers les espaces célestes, et qui tournent, tournent sur leurs grandes orbites.

Je n'étais pas seule, je n'étais pas isolée, j'étais cette arabesque aux multiples possibilités de développement, qui entourait le monde. Pas entièrement couvrante, mais assez, largement assez.

Et je possédais le futur de mes enfants. Le futur, immense, généreux, comment avais-je pu l'oublier celui-là !

Pendant ce temps, toujours se maintenait la sensation d'une compagnie bénéfique à l'intérieur de moi, dans la tête où il y a si souvent ce meurtrier qui chasse la nuit, dans le corps où il y a si souvent ce cyclone qui soulève les organes et les jette en détresse contre le frêle parapet de nos résistances.

Une présence amie, et puissante, à l'intérieur de moi.

Un ange gardien. Cela ressemblait fortement aux descriptions que j'en avais lues.

Doucement les bruits de la rue de B... sont venus se poser en bouquets autour de mon lit.

J'ai pensé que j'allais m'endormir, et vite j'ai écrit ces pages, parce que tout de même je savais bien que la migraine n'était pas anéantie, qu'elle attendait quelque part, même momentanément étouffée, que la codéine petit à petit relâcherait sa vigilance, que demain je me retrouverais démunie et oublieuse, et vite, vite, il fallait me donner la possession de ces quelques pages pour ces moments frileux.

Dans la rue

Je préparais un concours d'administration, le plus haut auquel je pouvais prétendre. J'habitais alors rue de B... à Paris. Mes parents, de province, m'envoyaient de quoi payer ma chambre et j'avais une bourse pour le reste.

Il y avait des cours, des devoirs à rendre, des dates à apprendre, je n'étais pas malheureuse, je ne pensais pas.

Parfois, dans le grand amphithéâtre gris, je levais la tête vers le plafond en dôme, la voix du professeur roulait comme un lointain train de voitures sur une route, et une phrase inconnue semblait s'élever d'entre les murs : « Oh ces voix d'enfants chantant sous la coupole... »

Cette phrase gonflait comme une vague, une à une en solo de frêles bulles tournoyantes s'en détachaient, s'élançaient vers des hauteurs bleutées aussitôt évanouies, fusaient de nouveau plus pures et jaillissantes. La vieille salle de classe s'effaçait, il

y avait un chœur quelque part qui emplissait ma
tête.

Lorsque je revenais à la table brune, aux notes
que ma main avait prises sans moi, aux paroles un
peu plus claires du professeur – comme si maintenant s'entendait le bruit des reprises et freine-
ments de voitures –, il me semblait que j'avais
pensé, et j'étais satisfaite.

En bas de la rue de B..., il y a la rue Truffaut, et
dans celle-ci un commissariat et une école côte à
côte.

Pour aller aux cours à l'amphithéâtre, il faut
passer normalement un peu plus à gauche. Mais
cette fois j'ai pris vers la droite, par une sorte de
curiosité peut-être pour le groupe informe de
parents qui piétinaient devant la porte de l'école,
dans un ensemble de couleurs à la fois criardes et
sans éclat, ou bien pour le policier dans son uniforme bleu, debout à côté des voitures à gyro-
phares.

Plus bas de ce même côté, je crois qu'il y avait
aussi une caserne de pompiers. On entendait
souvent leur sirène éclater brusquement dans le
voisinage, puis se fondre d'un coup dans la
rumeur de la circulation, comme si pareil horrible
hurlement n'avait jamais existé.

Ce devait être la sortie de l'école. Un enfant
s'est jeté dans mes jambes en criant « maman,
maman ».

Je n'étais pas en avance pour mon cours, j'avais travaillé tard la veille, et il y avait dans ma tête une sorte de brouillard qui rendait tout ce quartier si familier un peu irréel. J'ai regardé autour de moi, attendant que quelqu'un se détache de la masse agglutinée devant l'école et vienne reprendre l'enfant. Des voitures passaient dans la rue, je n'osais m'éloigner avant de l'avoir rendu à celui ou celle qui en avait la charge.

C'était un garçon. Il restait collé contre ma jambe, la tête penchée de côté, suçant son pouce et me regardant en silence par en dessous, dans un effort de fixité. Lorsque j'ai relevé les yeux vers la porte de l'école, il n'y avait plus personne. La porte était du vert bronze habituel et il y avait deux papiers punaisés à hauteur des yeux. Je suis allée les lire. L'un convoquait à une réunion des enseignants, l'autre donnait l'horaire d'un stage de sauveteurs à la mairie.

Soudain j'ai pensé à mon cours et me suis mise à marcher très vite, oubliant ce qui m'avait retenue. Mais quelques secondes après, l'enfant était de nouveau à côté de moi, criant comme la première fois « maman, maman ».

À cet instant, nous étions juste devant le commissariat. Le policier en uniforme bleu nous observait depuis un moment. J'étais pétrifiée.

– Si vous voulez garder l'enfant, madame, disait-il, il faut faire les papiers.

– Tu as des papiers ? ai-je dit tout bas à l'enfant.

Il me regardait toujours de ce regard si extraordinairement intense et il suçait son pouce plus
fort.

J'ai compris brusquement qu'il ne pouvait avoir
de papiers, était-il même assez grand pour
comprendre ma question ? Je n'avais guère vu
d'enfants autour de moi. Mon frère, plus âgé, avait
déjà presque quitté la maison lorsque j'étais née, et
mes parents supportaient mal le désordre et l'agitation. Voisins et cousins n'étaient passés qu'en
visite.

– Plus tard, dis-je au policier, je suis déjà en
retard.

Il se contenta de hocher la tête. Mais l'enfant ne
bougeait pas. Je lui avais pris la main pourtant,
machinalement, surtout à cause des voitures
brusques qui m'inquiétaient dans la rue. Il regardait tantôt le policier tantôt moi. Il y avait quelque
chose d'inexprimable sur ses traits, que je n'avais
littéralement jamais vu à personne. Le visage en
était presque ridé, comme sous l'effet d'un souci
énorme et totalement sans contour.

Moi qui n'avais connu que des préoccupations
d'étudiante, menues et précises, il m'est venu une
sorte d'épouvante : il y avait des êtres sans papiers,
j'en avais entendu parler, il y en avait un devant
moi.

Je suis entrée au commissariat. Je me rappelle
avoir fait la queue, avoir dû sortir toutes les cartes

que j'avais sur moi, être retournée rue de B... en chercher d'autres.

L'après-midi entier y est passé. Je ne pensais qu'à une chose : arriver au bout de ces formalités, qui semblaient toujours prêtes à finir et se poursuivaient, sortir de là et téléphoner à ma camarade de cours pour qu'elle me fasse une photocopie de ses notes de la séance.

Lorsque je suis sortie, le crépuscule était arrivé. La brume qu'il y avait eu toute la journée s'était levée. Le ciel était d'un violet pur et profond, si vaste, si « autre », que j'en ai eu un coup.

Les façades, d'ordinaire grises et décrépites, avaient une pâleur nette et distante qui en faisait comme le front d'une ville ancienne ou à venir, d'une ville de légende. Le sentiment d'une beauté stupéfiante et d'une solitude presque inconcevable m'a pénétrée jusqu'aux os. C'était un ciel dans lequel on ne pouvait que se jeter brusquement, la tête égarée, comme dans un abîme, ou se baigner nue comme dans l'auréole lumineuse d'un étang parmi les glaciers.

Le gyrophare de la voiture de police s'est mis en marche, accompagné d'un cri long et déchirant qui était nouveau et avait dû être copié sur celui qui équipait les voitures en Amérique. Quelque chose s'est jeté contre moi, me déséquilibrant soudain. C'était l'enfant, il avait eu peur. Je l'ai saisi dans mes bras, j'ai fait un bond de côté, et lorsque la voiture a été partie, je l'ai bercé un moment. Il me semblait entendre battre son cœur à coups violents, son visage était bouleversé. Cet effroi-là non plus, je ne l'avais vu à personne.

Pour la première fois dans ma vie que je croyais banale, la peur s'est installée. Je l'ai reconnue sans l'avoir jamais rencontrée et j'ai su qu'elle était venue pour rester.

Nous avons remonté la rue de B... ainsi, l'enfant collé contre ma poitrine, et moi le portant bien sûr.

La nuit était tout à fait tombée, j'ai eu quelque mal à trouver mes clés, les bras encombrés de la sorte, et cette maladresse m'a frappée d'une façon indéfinissable. Enfin la porte s'est ouverte et refermée, c'était ma chambre, nous étions harassés.

Lorsque je me suis réveillée, le lampadaire faisait aux vitres une clarté dure, de monde lunaire, de planète perdue. Tous mes membres étaient douloureux. Ce devait être le milieu de la nuit, était-ce cela les insomnies, ce blanc brutal cerné de noir ? Sur le lit, tout habillé, il y avait l'enfant. J'étais tout habillée aussi. Mes livres et cahiers étaient par terre.

Alors, enfin, quelque chose s'est passé.

Une force en moi s'est levée pour aller vers cette peur qui était venue. Je voyais ce combat étrange, que je n'avais jamais sollicité, qui m'était entièrement étranger, et auquel pourtant je me sentais liée, plus liée que je ne l'avais été à aucun de mes cours, à aucun de mes livres, à mon concours lui-même. Ma chambre en était le décor. Tout y était semblable, simplement d'une similarité plus agressive et insistante.

Je me suis levée, j'ai fermé les rideaux, allumé une lampe en rabattant au maximum l'abat-jour. Je regrettais de n'avoir qu'une lampe de travail et pas de ces petits champignons rosés qui font la lumière douce et qui m'avaient paru jusqu'alors inutiles. Puis j'ai pris une douche.

L'eau coulait en cataracte, longue, brûlante, je la laisserais couler jusqu'au bout, au mépris de mes anciennes règles d'économie. Les voisins allaient-ils cogner au mur ? Je ne m'en souciais pas. J'étirais ce corps qui avait piétiné tout au long de l'après-midi. Je l'éprouvais comme un allié, qu'il fallait réconforter et soigner. Enfin je suis allée chercher l'enfant.

Où le laver ? Pas de baignoire, pas de bassine. Je l'ai déposé dans l'évier. Il tremblait, tout nu, fatigué encore. J'ai versé l'eau tiède et il s'est mis à rire aux éclats.

Il trépignait, donnait des claques avec ses mains sur la grosse flaque, des gouttes jaillissaient de tous côtés. C'était un tout petit garçon mais vigoureux, avec une poitrine pleine et ronde, et un sexe parfaitement ciselé. Je me suis mise aussi à tapoter sur l'eau, le tapis de cuisine était trempé, mon peignoir était trempé, mais je riais, je l'embrassais, et puis j'ai fait chauffer du lait, ajouté des corn flakes, il savait manger, nous avons mangé dans le même bol puisqu'il n'y en avait qu'un. Comme l'eau tout à l'heure, les corn flakes volaient partout, et nous ne cessions d'éclater de rire.

Après je l'ai ramené dans la chambre et, comme il n'y avait rien pour le couvrir, je l'ai pris avec moi sous les couvertures. Il s'est endormi tout de suite, et longtemps j'ai écouté sa respiration, à la fois douce et énorme comme le bruit que j'avais entendu une fois dans le stéthoscope de mon frère médecin.

Lorsque je me suis réveillée la seconde fois, c'était l'après-midi.

Un jour entier s'était écoulé. J'avais manqué deux séances de cours. Le sol de la cuisine était jonché de débris, des serviettes pleines d'eau traînaient par terre dans la cabine de douche, la boîte métallique où tenaient dans trois minces dossiers tous les papiers dont j'avais eu besoin jusqu'alors était comme éventrée.

J'ai enfin pensé à mes parents, qu'il fallait avertir.

— Ah, dit ma mère, mais fais attention tout de même.

— Tu n'aurais pas dû sauter tes cours, dit mon père.

Leur voix ne semblait pas changée, seulement détachée au pourtour des mots, et les mots nageant dans le vide.

Une douleur inattendue m'a serré le cœur. Un autre front se déclarait dans la guerre que j'entendais confusément se lever autour de moi, comme sur une grande plaine couverte de brouillard au travers duquel se devineraient par endroits des sortes de tumultes, de plus en plus proches.

Puis j'ai appelé ma camarade de cours.

C'était la fille du ministre du Logement. Elle m'avait choisie, moi la provinciale, après un mois de précise observation dans l'amphithéâtre. J'avais vu s'avancer une grande fille calme, au chignon de dame, vêtue de vêtements de dame aussi, m'avait-il semblé, et qui me proposait de préparer le concours en équipe avec elle. Nous venions en général travailler dans ma chambre, ou nous restions du côté de la Sorbonne, au café Balzar qu'elle affectionnait. L'arrogance des serveurs me gênait, mais elle paraissait plus à l'aise en ce lieu, et je trouvais juste de lui faire plaisir à mon tour.

Ce n'est que beaucoup plus tard que je suis allée chez elle, invitée enfin. Dans l'appartement spacieux et beau, il y avait deux jeunes gens. J'avais tendu la main un peu brutalement, à cause de mon embarras, mais au même moment le premier se penchait pour un baisemain. Nos gestes s'étaient heurtés, et le second jeune homme s'était contenté d'un signe de tête rapide.

Mon amie ne m'avait toujours rien dit. C'est mon père finalement qui avait fait le rapproche-

ment entre ces divers points et d'autres : elle était
bien la fille du ministre.

Lorsque je l'ai eue au téléphone, voilà soudain
que ma voix bredouillait. Ce n'était plus une photocopie des cours que je lui demandais, mais si
elle ne pourrait pas m'obtenir, par son père, un
appartement plus grand, pas plus cher. J'aurais
voulu retirer mes paroles, j'étais stupéfaite de ma
grossièreté, de cette vulgarité. Elle m'a répondu
sèchement que son père ne s'occupait pas de
choses semblables, ce qui ne m'était que trop
évident.

Ma confusion était plus grande que le jour du
baisemain, mais ces deux événements s'additionnaient. J'ai compris que le hasard, sans m'en
avoir prévenue, avait joué une partie avec moi et
qu'il y avait déjà eu un résultat.

C'est ce résultat sans doute que j'interroge en
rassemblant les bribes disparates de cette histoire.
Mais je ne pourrai aller plus loin.

La même peur qui m'a fait mettre ces bribes
bout à bout m'empêche maintenant de percevoir
une suite dans les autres que j'arrive encore à saisir. La vision un instant soulevée a lâché presque
aussitôt, est retombée dans le brouillard fantoma-
tique, semé de tumultes incompréhensibles, est
retombée comme un filet sur moi qui erre là de
nouveau. Tout l'effort de mes nerfs ne m'a mon-
tré que cela, ce fragment d'histoire, et mainte-

nant je ne fais que trembler, ne sachant où se jouera la prochaine partie, s'il y en aura même une autre, si le résultat que j'interroge n'est pas déjà là, tout entier.

Et cependant je sais que, d'une étrange façon, cette peur ne peut pas être plus puissante que la force qui, une fois, comme je l'ai raconté, s'est dressée en moi pour aller à sa rencontre.

Avec les tuteurs

Je ne me débrouillais pas trop mal, mais le danger était là. Silencieuse et habile, j'avais trouvé une place où aller et venir et continuer la vie qui par ses canaux secrets avait fait un lac profond et noir en moi.

Je n'étais pas avec les chefs, mais avec leurs enfants.

Ceux-ci étaient de peu de force encore, guère surveillés, souples comme l'herbe qui ne coupe que lorsque le pied en cherche le tranchant. Les tuteurs, affadis, mous, roulaient des paroles usées, désertées d'électricité, que je pouvais toucher sans brûlure ni déchirure.

Ici était un refuge, nul ne me connaissait, et s'ils m'avaient devinée, rien d'autre peut-être ne serait tombé d'eux qu'une suite de mots tout attachés et presque aussitôt fondus comme une neige sans vigueur.

Les formes planaient au-dessus de leurs têtes, ils en vivaient séparés, courbés en dessous. Parfois l'un d'eux faisait un effort pour en atteindre une, s'en emparer, mais le geste retombait liquéfié, rejoignant la masse sans éclairs.

Je ne savais s'il fallait croire à leurs rages rares et leurs déclarations osseuses. Ils ne pleuraient jamais. Je ne les avais pas vus nus, et dans les toilettes j'entendais les excréments qui tombaient avec un bruit non caché, les miens rejoignaient les leurs dans les tuyaux souterrains, ainsi que ceux des enfants, et des chefs, personne n'en parlait. Le mur de séparation était dur et carrelé, mais ne rejoignait pas le plafond et le plafond était bas.

À table, nous étions au coude à coude, nous passant les plats avec politesse et riant bruyamment, mais je n'osais pas croire en leurs rires.

L'une des femmes, belle et coquette, épouse d'un des chefs, s'est écroulée un matin devant son casier dans notre salle. Elle avait des migraines, racontait-elle, qui la réveillaient la nuit, toujours vers trois heures. Je la plaignais. Son visage s'approchait du mien comme un oiseau au cou dardant, de sa main elle torturait le bouton de son manteau, et sa bouche énumérait la liste des médicaments qu'elle s'était procurés, que je pourrais me procurer moi aussi, si je le lui demandais.

J'aimais sa voix éclatante, il me semblait que j'aurais pu l'embrasser, respirer son parfum si luxueux sur la soie contre sa peau, mais la peur me

retenait, et aussi le tic bizarre qui refermait sa pau-
pière par instants et lui donnait l'air d'un épervier.

Les hommes me regardaient sans méchanceté,
mais je ne me mêlais pas à leurs disputes. Je crai-
gnais les écarts possibles de ma voix, et il ne
m'était pas clair où étaient leurs crampons secrets,
tant sur leurs phrases on pouvait glisser d'un versant à l'autre.

Leurs phrases n'étaient que crêtes, où tourbil-
lonnait l'air venu d'ailleurs. On ne pouvait qu'y
verser et se relever et verser encore, et sans doute
se suffisaient-ils de cette excitation.

Un inconnu un jour est entré, a posé son manteau et son chapeau sur l'unique patère de notre
salle, puis aussitôt s'est éloigné d'un air affairé. Je
l'ai vu qui tournait dans la cour, de salle en salle,
comme aspiré et rejeté à chaque porte, s'y précipi-
tant d'un air conquérant puis reculant aussitôt,
recroquevillé, vacillant.

« Il n'a plus le droit d'enseigner », m'ont expliqué les autres.

Lorsqu'il s'est dirigé de mon côté, j'ai senti l'eau
profonde en moi qui clapotait imperceptiblement.
« Je suis expert près les tribunaux, dit-il d'une voix
forte, et aujourd'hui même je fais une conférence
aux chefs de la police. » De son sac, il a sorti une
liasse de feuillets imprimés, tous avec en-tête du
tribunal.

« Est-il vraiment expert ? » ai-je demandé aux autres après avoir échappé à son discours martelant. Personne n'en était sûr, mais on le croyait très possible. Sa présence parmi nous n'était pas illégale, ils ne pouvaient rien en dire d'autre.

Sur la patère, son chapeau et son manteau, plus larges et riches que les autres, faisaient une forme imposante et d'autant plus vide et pendante.

Une femme parfois s'emportait, poussant de grands brandons enflammés dans sa voix, mais son regard était vitrifié et le tourbillon de l'incendie se déplaçait par brusques volte-face, avançant ici et là, imprévisiblement. Je me tenais loin des crépitements, redoutant les retombées inconnues, et fuyant le regard qui restait opaque au milieu comme une pierre brûlée.

C'était un ravage profond, que je ne pouvais soutenir, à peine côtoyer, et qui pouvait peut-être indéfiniment engendrer d'autres ravages, comme les lignes lointaines d'un tremblement de terre.

Un matin, je me tenais dans la salle, près d'une des ouvertures. Les fenêtres ici ne s'ouvraient qu'en basculant de haut en bas, si bien qu'on ne pouvait engouffrer en soi l'air large, ni prendre à petits coups l'air mince. La vitre menaçait la tête comme un marteau plat, déviant l'air par en dessous, puis elle restait à l'horizontale, guillotine face au cou. Je ne l'avais pas ouverte et me tenais derrière, le dos à la salle vide, regardant l'allée étroite qui venait de la rue.

C'était l'heure où les tuteurs arrivaient. Ils débouchaient l'un après l'autre, à petits intervalles, de derrière le maigre massif.

Inaiguisés par les regards des autres, dans la solitude du passage vers la salle, leurs visages étaient encore un peu plus brouillés, reconnaissables bien sûr, mais la limite semblait proche où ils ne le seraient plus, où il n'y aurait plus même un regard à effleurer, une expression où prendre appui une fraction de seconde, une cible simplement vers laquelle se tourner. Ce ne serait plus qu'un marécage, qui soutiendrait ou enliserait au gré d'insaisissables coalescences.

Je les regardais monter et il m'a semblé soudain que je ne pourrais plus tenir très longtemps, peut-être pas une minute de plus.

Certains étaient déjà dans la salle, je n'osais ni ouvrir la fenêtre ni me retourner, car alors ils auraient vu ce qu'il y avait sur mon visage et cela aurait peut-être été le début de ce que je n'avais cessé de redouter.

Ici était un refuge, mais jusqu'à quel point ?

Il n'y avait personne, il n'y aurait jamais personne à qui le demander. Ils ont rempli la salle et j'étais toujours le dos tourné, attendant que se replie l'eau sombre qui clapotait furieusement en moi.

C'était il y a longtemps. Ce que je redoutais n'est pas arrivé. Je circule désormais par des canaux plus clairs, là où le danger n'est qu'un on-dit, où les rires et les pleurs ne font qu'irisations changeantes à la surface. Ai-je rejoint la masse sans éclairs, ai-je atteint l'une des formes qui planaient au-dessus de nos têtes ?

Cela aussi il n'y a personne à qui le demander.

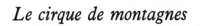

Le cirque de montagnes

C'était une sorte de place au milieu d'un cirque de montagnes. Là se tenaient toutes nos empoignades. Quelle cohue il y avait parfois, que d'agitation ! Chacun se donnait avec force à sa tâche. D'où nous venaient tous ces combats ? Des montagnes, des grandes montagnes. Jaillissant d'un versant ou d'un autre, on voyait se dresser là-bas des formes puissantes et apparemment indestructibles. Je dis « formes », car je ne suis pas spécialiste, hélas. Le soleil, certains jours, en était tout obscurci. Elles descendaient vers nous, nous groupés sur la place en bonne organisation, et alors chacun se jetait à sa tâche.

Ah comme je les admirais, tous mes compagnons, leur énergie, leur obstination, leur méthode. Il faut imaginer ce lieu plein de poussées, de cris, d'efforts et de corps au coude à coude, et ces grandes formes qui descendaient sans cesse des montagnes, fondaient sur nous, obscurcissaient la lumière. Mais ils ne se laissaient pas

démonter, à croire qu'ils ne levaient pas les yeux,
qu'ils ne voyaient rien de cet extraordinaire déva-
lement.

J'avais aussi à m'affairer à mon combat. Seulement, il ne m'était pas toujours clair où il se trouvait. Cela ne veut pas dire que je paressais. Cela
veut dire qu'il me fallait le chercher car, fait
gênant, peut-être honteux, mon combat changeait
de lieu, d'apparence, de tactique. L'essentiel de
ma tâche était en fait de le reconnaître, de me
faire reconnaître de lui. Non, ce n'était pas de tout
repos. À cause de cela, on aurait pu me prendre
pour un amateur, mais c'était le contraire, oh tellement le contraire.

Cette recherche m'amenait en général près
d'un autre combattant, me mêlant momentanément à son combat à lui. Nous devenions amis
alors et d'avoir un ami décuplait mes forces, je me
donnais follement, nous allions lui faire la peau à
cette forme-là, je me sentais devenir le corps et
l'âme de mon voisin, j'avais un jumeau, un semblable, c'étaient mes plus grands moments de bonheur.

Si l'on en excepte bien sûr l'espèce de tic-tac qui
continuait son bas bruit en moi, même en ces
moments de plus grand bonheur. Puis se produi-
sait la calamité. Soudain j'étais avertie que mon
combat était ailleurs. C'était très exactement
comme la sonnerie d'un réveil en moi. Il y avait
bien eu le tic-tac tout le temps, mais sans cesser de

l'entendre, je l'avais oublié. Que dire, c'était ainsi. J'étais sentimentale, sans doute.

D'un seul coup je lâchais, je ne donnais plus la même adhésion. Comme je souffrais alors. Je ne savais plus où était parti mon combat, peut-être ne le trouverais-je jamais plus, je resterais spectatrice éternelle, livrée à la désolation de l'errance, sans voisin, sans ami.

Jusqu'ici, j'ai toujours réussi à le débusquer, je l'ai retrouvé partout, je l'ai rattrapé, reconnu, mais il y a autre chose.

En effet, si mon combat se colle presque toujours à un autre, il ne se confond pas avec lui. Seulement qui peut le savoir, à part moi, qui ne cesse d'oublier ? Et lorsque le tic-tac éclate, c'est la surprise, la déception chez ceux que j'aimais tant. Je suis traître, on ne peut compter sur moi. Ils m'en veulent d'autant plus que j'étais jusque-là leur plus fort soutien, un soutien tel qu'ils n'en avaient jamais eu auparavant, tels qu'ils n'en auraient jamais.

Bon, ce n'est pas toujours aussi tragique. Il arrive que mes compagnons trahis montrent bonne grâce, il arrive que certains me suivent du regard, même après ma trahison, et ils doivent bien s'apercevoir qu'ici ou ailleurs je suis à ma tâche, sur la place au milieu du cirque de montagnes, tout comme eux. Non, il n'y a pas à se plaindre de ces compagnons.

Bien plus grave en un sens étaient les coups. C'est même de cela que je voulais parler, pour cela que j'ai entrepris de raconter cette histoire telle qu'elle s'est passée.

Car, voilà, je prenais beaucoup de coups. Normal, direz-vous, dans ces empoignades au pied de ces rudes falaises. Mais il faut bien voir la situation. Je l'ai dit, nous étions assez bien organisés. Chacun avait sa place, et ainsi soigneusement assignées, les grandes formes qui tombaient sur nous des montagnes perdaient de leur mordant. Les combattants en venaient à bout, je dois le reconnaître, tranquillement presque, un peu chaque jour.

Mais cela ne se passait pas ainsi pour moi. À toujours poursuivre la reconnaissance de mon combat, arrivant par hasard en tel ou tel lieu, je tombais dans les zones mal connues, dans les mouvants no man's land, je recevais les balles perdues et les coups de pied à retardement. Je clopinais presque tout le temps, déjà le soir tombait et je n'en étais encore qu'à essayer de me tenir ferme. Demain mon combat aurait doublé de virulence, ou alors nous ne nous reconnaîtrions plus. Trop ou rien, c'était ma vie. L'anxiété me prenait. Je n'y arriverais jamais.

Et la nuit ! Imaginez, imaginez ces grandes montagnes où dorment les formes de tous nos combats. Elles sont là, les puissantes, les irréductibles, tapies dans le noir, elles nous cernent, dès l'aube elles dévaleront vers nous. Je les devine *toutes à la fois*, ce pour quoi sûrement nous ne sommes pas faits. Et puis la mêlée du jour s'attarde dans ma tête, tout tourne de cette immense empoignade, la rumeur, les efforts, les silhouettes...

Une nuit qu'ainsi je ne pouvais maîtriser le mouvement que faisaient en moi, comme en un cauchemar, le souvenir et l'anticipation, j'ai senti que je ne pourrais plus tenir. Il me fallait de l'aide. Ceux qui ont connu ces tourbillonnements de la raison comprendront. De l'aide, tout de suite. Réveiller l'un des combattants, n'importe lequel, plusieurs s'il le fallait. Ils étaient là, autour de moi, les réveiller tant pis.

Je me suis levée.

Les grandes cimes des montagnes posaient leurs ombres immenses au centre de la place et, à cause des nuages bougeant sur la lune, ces ombres donnaient l'impression de bouger elles aussi, donnaient l'impression qu'elles étaient pleines de corps endormis, s'agitant, se retournant...

Mais lorsque je suis arrivée plus près, j'ai eu l'intuition totale, irréversible, d'une erreur, d'une erreur qui était comme le symbole de toutes les erreurs possibles.

Les nuages se sont écartés, la place s'est révélée d'un coup. Dans une clarté nue, j'ai vu ceci : il n'y avait personne. La place était déserte, nue et pâle comme un galet sous la lune. Les montagnes ?

Illuminées elles aussi, c'étaient des murs, sur lesquels rien ne se voyait.

Personne.

Je me suis laissée tomber là, en plein milieu,
m'endormant sous ce nouveau choc, assommée
plutôt et sans conscience.

Le lendemain, plus question d'aller reconnaître
un combat. J'étais malade, si malade. Le choc à la
tête, ce long évanouissement sur le galet glacé de
lune et maintenant, pire que tout, l'absence du tic-
tac en moi, plus menaçante encore que son
ancienne présence. J'étais si mal en point.

Peut-être exagéré-je. Je sais que cela m'arrive
parfois. J'ai oublié de dire que j'étais une femme
d'un certain charme, non bien sûr tout n'était pas
affreux dans mon aventure. Malgré mes faiblesses,
je ne manque pas non plus de ressources. Après
tout je faisais partie des combattants, après tout
j'étais moi aussi dans le cirque de montagnes, il y
avait eu des combats pour moi.

C'était ainsi que j'encourageais mon corps
meurtri. J'allais comme dans un rêve. Je me suis
arrêtée devant l'un des combattants, celui-ci ou un
autre, je ne me souviens plus, l'effort était si grand.
Il n'a pas reculé. J'ai amené ma main sur son
visage, très doucement, c'était le geste le plus
important de ma vie, je le savais de façon absolue.
Voyait-il l'état dans lequel j'étais ? Qu'importe.
Ma main a touché son front, la courbe de sa joue,
c'était une caresse peut-être. Cela aurait pu l'être
dans un autre monde.

Et tout s'est retourné encore une fois : ce que je touchais là était creux. Je ne sais comment expliquer une sensation aussi étrange. Le visage était là, l'ami aussi, mais il y manquait la substance. J'avançais, j'avançais dans les grandes terres de l'incompréhension. Désormais plus de recul.

Et le regard de cet être ! Il me clouait sur place de sa puissance perçante d'énigme. Je suis restée près de lui toute la journée, et chaque fois que je faiblissais, ce regard me ramenait à l'attente.

Plus tard, l'ami a quitté son combat. Je l'ai suivi. Nous marchions dans l'obscurité, nous devions être à l'intérieur de la montagne, allions-nous vers l'antre de nos combats ? Cette question était aussi évanescente qu'un fantôme. Je n'étais plus de force, peut-être m'étais-je trompée sur le sens de ce regard, peut-être m'emmenait-il à ma fin. Fantômes, fantômes. J'avançais.

J'ai cru reconnaître que nous étions dans une petite vallée qui serpentait entre de grandes murailles. La vallée parut s'élargir. Il semblait du même coup que nous revenions en arrière dans la journée. Le crépuscule était moins avancé, on voyait très clairement encore, c'était le plein après-midi. Il faisait beau de ce côté-ci de la montagne, d'ailleurs la montagne on ne la voyait plus.

Il y avait un village tout neuf sous le soleil, une piscine, un téléski, les grandes voiles colorées de deltaplanes, sans doute je mélange, toutes ces choses ne sauraient être dans le même lieu. Et il y avait là ceux que j'avais vus chaque jour de nos combats, sur la place, au milieu du cirque de montagnes. Ils étaient les mêmes, à une différence près : c'était comme si le cirque où nous nous étions mesurés si fort avec les formes gigantesques qui dévalaient vers nous n'avait pas vraiment existé.

Ils prenaient l'apéritif, je crois.

Le cirque de montagnes, les formes dressées sur les parois, hérissant l'horizon, obscurcissant le soleil... D'ici, tout cela semblait très loin, un à-côté de l'existence.

Je me suis retournée vers celui que j'avais suivi. Je ne dirai plus que j'ai éprouvé un choc. Tout pouvait arriver désormais, tout arrivait : à sa rencontre venait un être exactement semblable à lui. Les deux étaient devant moi. J'ai porté ma main sur le second, tout comme je l'avais fait sur le premier. Le visage du nouvel arrivant était plein, et si violemment plein que son simple contact aurait pu me faire éclater d'un coup, si ma caresse n'avait été si légère. J'ai fermé les yeux un instant. Lorsque je les ai rouverts, il n'y avait plus devant moi qu'une seule personne. Je l'ai pris par le bras, puisqu'il ne reculait toujours pas. Le plein et le creux s'étaient équilibrés à la surface de sa peau, me permettant de reprendre équilibre, et je suis allée dormir chez lui, où il y avait plusieurs enfants.

Toute la nuit, j'ai pensé au cirque de montagnes. Il me semblait qu'il me faudrait des années, des siècles pour assimiler ce que j'avais vu. J'avais une nostalgie poignante pour ce galet pâle et froid sous la lune entre les falaises.

Maintenant je fais moi aussi les aller et retour d'un côté à l'autre de la montagne, si on peut encore parler de montagne. Jusque-là, ce n'est pas une opération réussie. Peut-être un jour comprendrai-je ce que j'ai vraiment vu, ce qu'il faudrait vraiment faire. En attendant je m'efforce, car je tiens beaucoup, beaucoup, à celui qui est devenu mon amour et à ces enfants qui sont les nôtres.

Le cylindre

C'est bien un cylindre, semblable à tous les autres. Mes mains en sentent la courbure, mes yeux la confirment lorsque passe une vitrine, et que dire de cette certitude discrète mais prenante, autour de laquelle votre enfance s'est littéralement construite, et qui est maintenant l'axe central de tout votre être, le principe qui en permet à la fois le mouvement et la stabilité ?

Comme les autres, ce cylindre tournoie dans la foule. La base circulaire l'entraîne dans sa spirale, enlevant chaque point du sol et se rattrapant aussitôt sur le suivant, et l'axe invisible suit comme un mât jamais démonté. Ni vertige ni maladresse ne le couchent sur le côté, misérable ivrogne contrariant la grâce de la circulation. Les gyres qui le constituent sont attentives et subtiles. Elles dérapent l'une sur l'autre aux virages téméraires, se tassent comme des vertèbres pour un élan, se soulèvent en zigzag pour alléger leur masse, pour la dilater comme un poumon et l'élever dans les airs, puis retombent en pile souplement, et repartent sur la spirale habile et sage. Ainsi va le cylindre, flancs lisses contre d'autres flancs lisses.

Puis le crépuscule descend sur tout ce tournoiement. Les vitrines s'obscurcissent, et soudain les spirales que tracent les bases se font fluorescentes, sillages lumineux et serpentins sur la toile noire des places.

Des taches moirées tournent sur les courbures avalées d'ombre, la base continue dans sa prudence ancienne d'équilibriste, mais les flancs ne sont plus si dociles et glissants. Des éclairs s'allument sur les rebords circulaires, des reflets courent suivis de traînes frémissantes. Parfois, les gyres en petits groupes se retirent, creusant des reins, ou bien elles se décalent d'un autre côté, avançant un torse, et parfois, trompée par la nuit et les lumières ivres qui voltigent, la base heurte une autre base, tournant elle aussi obscurément, en avant de son sillage.

L'accident se produit alors. Les gyres heurtées se figent, reins et torse encastrés dans l'autre cylindre. La spirale fluorescente petit à petit s'éteint, les éclairs se fondent dans la vague brillance noire, et il arrive qu'un troisième cylindre, happé par la masse immobile, se prenne dans les deux premiers, creusé et bombé lui aussi par ses gyres en dérape.

Frémissement bref du choc, puis plus rien. Le

sillage solitaire pâlit et disparaît, les derniers
reflets s'absorbent comme dans un fard sombre.
Seul un quatrième cylindre aux gyres presque
soudées, heurtant la masse et trop rigide pour s'y
encastrer, peut déstabiliser le tout. Les bases des
trois premiers, brusquement délivrées, s'enfuient
sur leur sillage redevenu éclatant. Le dernier
venu, lui, tangue encore de cette traverse, il
penche d'un bord à l'autre, recherchant en vain
l'enchaînement vif de la spirale, il incline si fort
qu'il se renverse, tombe sur le sol.

Certains ainsi continuent de rouler, comme des
troncs, comme des tonneaux. Ce n'est pas une
ignominie. Il sont restés cylindres jusque dans leur
chute, et ce sont encore les propriétés du cylindre
qu'ils utilisent si bravement, roulant sur le flanc
dans la boue ou la neige, malcommodément.
Admirons-les, ils ne nous ont pas trahis.

La nuit vient. La base doucement ralentit sa
danse. Comme un chasseur, je rappelle mes gyres.
Elles reviennent les unes sur les autres, cercle sur
cercle, en empilement exact. La première tourne
encore comme une assiette, puis elle s'immobilise
et à sa suite la seconde, et toutes les autres de
proche en proche. La base trouve alors le socle qui
est le sien dans le sol, et moi, tranquillisée, libérée
enfin, je remonte le long de mon axe, m'installe
là-haut comme sur une colonne et regarde les
longs alignements immobiles des cylindres.

Des lumières s'allument sur leur sommet. Elles
brillent à des hauteurs inégales, étoiles cligno-
tantes, ou pâles et secrètes comme des lucioles
sous le couvert. La nuit s'étend, les lumières ter-
nissent, bientôt il ne reste que de fragiles lueurs,
braises palpitant sous la cendre des ténèbres. Les
cylindres reposent, debout, et de loin en loin seul
un tronc couché rappelle la faiblesse, le déclin
possible de ces étonnantes constructions.

Des sons étranges montent alors par les parois.
Incohérents, mêlés, ils errent à la surface lisse,
mais je ne sais ce qu'ils disent.

Je voudrais les chasser et dormir moi aussi,
posée là-haut sur mon sommet. Mais les gyres
rêvent. Elles balbutient des choses de leur vie
d'avant, du temps où elles virevoltaient, feux follets encore sans attache dans la vaste nébuleuse.
Murmure presque inaudible, qui me tient éveillée
pourtant, et je sens les frémissements qui courent
de l'une à l'autre, ondulent jusqu'à moi, me font
frissonner.

La lueur au sommet de mon cylindre se ral-
lume, le souvenir souffle comme un vent sur la
braise.

Je pense aux années de l'enfance consacrées à
monter le fût droit, égal en tous ses points, à
accumuler gyre sur gyre, à cercler patiemment
leurs folles échappées. Je pense à l'âpre dressage,
comme elles s'enfuyaient pour tourner en roues,

en comètes, en queues de paon, et se lançaient en ricochets, et s'ébattaient dans les brises, et s'envolaient comme des flammèches, et qu'étais-je dans ce tourbillon échevelé ? Rien encore, un axe, idée d'un axe. Aujourd'hui mes mains caressent la belle et régulière courbure, parcourent de haut en bas comme un condensé de temps le cylindre, ce monument qu'après tant d'années j'ai réussi à élever.

Et je pense aux formes imparfaites rencontrées sur les chemins, les sphères instables, les carrés pesants, les rectangles figés comme des tombes, les triangles toujours en accroc, les angles amers, tous jonchant comme un humus tumultueux le sol où dansent nos spirales, et au-dessus la poussière des gyres folles qui volettent de-ci de-là, petites vies électriques indéfiniment agitées entre les colonnes des cylindres.

Dans la nuit, je regarde ces colonnes. Leur architecture étage l'horizon, soutient le ciel mouvant et fragile qui sans elle s'effondrerait dans le floconnement de ses strates.

Mes pensées gonflent sous la voûte de cette immense coquille, font comme la chair dure d'une huître, et le gémissement confus des gyres les suit de loin, liseré sensitif qui tremble autour de ce muscle fort. Mes pensées fermes vont à l'assemblée des cylindres. Demain les gyres se tairont, se referont en courbe pure et parois glissantes, j'irai parmi les cylindres, roulant dans la maîtrise de nos spirales, chaque point de la base la pointe extrême d'un chausson de danseur. J'irai sur la toile claire des places, inclinant tour à tour chaque côté et toujours redressant l'assiette tournante de la danse, l'assiette agile d'équilibriste.

Je ne peux dormir.

Gyres mousseuses, douces pleureuses, ce sont voix de pluie et de vent, chuintances onduleuses qui bordent les vagues blanches du sommeil. Vous avez été capturées, vous avez été cerclées, empilées, ajustées, et votre murmure n'a jamais cessé, rien qu'un parler léger, confus d'infusoires, je voudrais couler en vous, m'enfoncer dans le giron de vos murmures, chute lente d'une plume, d'un pollen.

Un sanglot déchirant grimpe le long du cylindre, tournoie au sommet comme une rafale, éteint presque la braise où je pense. Puis aussi brutalement qu'il est venu, il s'enfuit.

La rumeur des gyres remonte, recouvrant d'herbes légères et bavardes l'âpre silence. L'aube se lève, des reflets blanchissent les courbures immobiles, dans quelques instants leur assemblée bougera, les colonnes s'inclineront de côté et d'autre, commenceront leur danse.

Mes gyres se taisent, elles attendent l'ordre, l'ébranlement léger qui les animera comme un coup d'archet.

Cet ordre, je l'ai donné.

Je l'ai donné, mais ma danse titube, un vertige trouble la succession des pointes, les flancs des autres cylindres arrivent à contre-courant et irritent mes flancs, les gyres se blessent, j'entends les rayures qui crient au passage, et l'axe trop tard se relève. Je ralentis la base, l'entraîne à l'écart, par un intervalle qui se présente.

Du faîte où je reprends souffle, j'aperçois au loin le tourbillon des cylindres, enrouleurs et dérouleurs de spirales, puis soudain plus rien. Effondrement à l'intérieur des gyres.

Dans le silence des parois, je reviens à moi, regrimpe le long de l'axe et reprends la danse, la danse sans fin des cylindres, mais mes flancs inquiets ne peuvent s'abandonner aux périlleux tournoiements. A demi entraînée, à demi retenue, je frôle et évite les autres courbures, redoutant que ne s'érafle la peau fragile des gyres.

La nuit revient, le socle qui m'appartient reprend ma base et l'immobilise enfin, tandis qu'au sommet je tremble encore, poursuivie de toutes ces traces qui font comme des estafilades, comme des traînées de sang sur la toile fine des places, et de la vibration éperdue de mon axe.

C'est la nuit, toujours la nuit, que les gyres parlent et balbutient. Quelque chose suinte entre les cercles, gagne de proche en proche, et l'effusion confuse d'une rumeur monte jusqu'au sommet, léchant la pensée qui veille comme une braise.

Mais je ne pense pas. J'attends le sanglot, le cri qui vient désormais lorsque les cylindres se sont éteints, qui déchire le babil faible des gyres, et les ébranle, et les secoue comme une tempête. Il arrive, les gyres tombent en désordre de part et d'autre, je les retiens, je serre mes flancs convulsés, la cohorte effrayée revient sous le cercle, et je les caresse et les étreins, axée contre ce spasme qui les tord.

Je ne vais plus dans l'assemblée des cylindres.

Le sanglot qui souffle en tourmente et descelle les gyres a détruit ma danse, la valse des spirales m'étourdit, les trouées entre les sillages se sont brouillées, j'erre sur les confins, parmi les triangles acérés, les carrés épais, les sphères qui dévalent, les losanges imprévisibles. Et la nuit le sanglot fou passe sur le sommet, comme la plainte du vent, éparpillant la cendre grise de mes pensées.

J'ai abandonné le faîte et l'axe. Je vais et viens le long des flancs, entre les gyres défaites, cherchant d'où vient ce qui pleure la nuit.

Les courbures anciennes se sont évanouies, le cylindre s'est déformé en d'étranges surplombs et replis, les gyres oscillent sur des axes tous différents que je ne reconnais pas, je vais parmi elles, leurs axes se relèvent avec effort, comme au passage d'un souvenir, et dans cet écroulement, dans cet enchevêtrement irrespirable, irréparable, quelque chose m'effleure, comme les poils humides d'un animal, qui aussitôt se courbent et se rétractent.

C'est une gyre fine et tendre, écrasée entre les rebords des autres. Une membrane, plutôt, où battent des cils chargés d'épaisse rosée. J'avance la main vers elle, très légèrement la touche, et aussitôt le sanglot jaillit, se répercute de gyre en gyre, entrechoquant les axes, ébranlant d'une dernière secousse le cylindre déjà presque entièrement défait.

J'ai dégagé doucement la membrane, qui s'est enroulée autour de moi. Les gyres relâchées ont continué de vibrer un moment dans le halo du cylindre, puis certaines se sont mises à glisser, ont pris la pente, roulant de plus en plus vite comme des roues. D'autres sont parties à l'horizontale dans un tournoiement de disque sur sa trajectoire, d'autres se sont élevées vers le ciel, prenant appui d'un côté sur l'autre par battements rapides, plus tard je les ai aperçues dans la nuit, voletant entre les cylindres comme des feux follets, poussière électrique, poudroiement impalpable, puis je ne les ai plus reconnues...

Je suis au sol, dans la tiède membrane mouillée, les cils vibratiles remuent à ce qui passe, comme des fils, comme des antennes.

Attirées, de nouvelles gyres approchent. Un autre cylindre va-t-il naître ?

En voiture

1.

Prenaient la course ceux qui la prenaient, pas d'autre explication à ce stade-là.

Savaient-ils dans quoi ils s'engageaient ? Je ne le pense pas. Ceux qui partaient ne cherchaient pas d'informations. S'ils en avaient cherché, sans doute seraient-ils encore à s'informer et ne cahoteraient-ils pas en ce moment sur la route.

Ce n'est que plus tard, au détour sombre ou trop éclatant d'une aventure, ou le long d'une ligne morne trop longuement étirée, qu'ils regretteraient ces informations non prises, qu'ils chercheraient à se rappeler des ouï-dire, qu'ils chercheraient peut-être à les recréer d'eux-mêmes, dans l'ignorance totale et dans les tracas et l'incommodité de la course.

Ils partaient. Pas pour le goût de l'aventure, dont personne ne savait ce qu'elle était, mais pour

le goût des lendemains, et moi je les suivais pour
les voir dans cette course.

Ils partaient dans les voitures de leur choix,
grandes ou petites, puissantes ou faibles, suivant
les désirs et possibilités de chacun. Rien n'était
joué pourtant. Le simple passage du temps engen-
drerait des résultats imprévisibles, de plus en plus
complexes et imprévisibles au fur et à mesure, et
nul ne trouverait sa place exactement où il l'attendait.

Ils s'installaient à leur siège, un seul par voiture,
on vérifiait l'ouverture des fenêtres, la fixation des
roues aussi (les roues seraient l'un des soucis
majeurs de la course), puis les portières étaient
scellées et, à ce moment, plus de retour en arrière.
Y a-t-il eu des remords, des paniques ? Je ne saurais le dire. J'étais trop occupée à surveiller ma
propre voiture, à veiller qu'on ne la confonde pas
avec les autres, et qu'on n'en scelle pas les portes.

Je n'étais pas participante, seulement reporter,
et je redoutais l'inattention de dernière minute qui
m'aurait liée à une aventure pour laquelle je
n'avais pas de vocation et à des êtres dont je ne par-
tageais pas les buts.

Ils partaient pour la course, mais moi je partais
pour eux.

Il me fallait donc de la distance, garder les
mains libres pour ainsi dire, et toute ma mobilité.

Ma voiture, semblable aux autres en tout point
sauf celui-là, n'était pas scellée. Ses portières
pourraient en être ouvertes à tout instant. Dès que
le poids s'en ferait sentir, je pourrais échapper à
mon enveloppe de tôle, m'éloigner sur les bas-
côtés, faire demi-tour qui sait...

2.

Au début, je ne me souviens pas qu'il y ait eu de
difficultés importantes. Tout à la griserie de la
vitesse, à la découverte des paysages, ils ne ces-
saient de s'exclamer et en cela je n'étais guère dif-
férente d'eux.

Ils restaient en caravane alors, tels à peu près
qu'ils étaient partis, trop sollicités par ces premiers
événements pour songer à autre chose. Je circulais
parmi eux à ma guise, tantôt mêlée au groupe le
plus large, tantôt rattrapant le peloton de tête, ou
au contraire ralentissant pour me placer parmi les
derniers.

Ici comme là, même spectacle.

Dans l'encadrement du pare-brise ou de la
lunette arrière, comme un oiseau en chasse sur le
ciel, une tête volait de droite et de gauche, et plon-
geait et remontait. Pas un bouton n'y échappait.
Ils s'agitaient dans leur véhicule, ils expéri-

mentaient inlassablement tous les mécanismes à leur portée. Un tel, par temps clair, faisait à tout instant marcher ses essuie-glaces, les remettant en mouvement sitôt après les avoir arrêtés, comme s'il n'en croyait pas ses yeux, comme un nourrisson remuant ses jambes ou faisant passer devant lui un objet étrange qui n'est autre que sa main. Tel autre tournait son volant par saccades, d'un côté à l'autre, éclatant de rire à chaque embardée et ne se lassant pas de retrouver les mêmes effets.

Certes, ils étaient comme des enfants en ces débuts turbulents, et l'accident guettait partout. Mais leurs tentatives étaient modestes encore et les voitures neuves, et si les accrocs étaient fréquents, ils étaient rarement graves. À mes yeux du moins, qui voyaient tout cela de l'extérieur.

Car, en ce qui les concerne, tout était drame épouvantable. Une simple rayure sur la carrosserie, et le désespoir fondait sur eux, ils poussaient des cris déchirants, comme si le trait s'était marqué dans leur chair, et peut-être était-ce bien ainsi qu'ils le ressentaient. La première de ces victimes fut bien sûr le champion de zigzags. Quel vacarme alors ! Mais il me fallait vaincre mon agacement et prendre ses glapissements de douleur pour ce qu'ils semblaient.

La course déjà m'avait été une idée étrangère, pouvais-je savoir ce que c'était qu'une voiture scellée autour de soi ? Mon apprentissage à moi aussi commençait et je devais rester souple et attentive, et croire surtout.

Les autres, impressionnés par ce premier incident et la violence des cris, se sont arrêtés autour de la voiture rayée. Je voyais leurs visages étonnés d'abord, puis vaguement inquiets. Les vitres se baissaient, ils sortaient la tête, passaient la main sur leur propre carrosserie. Suggestion ou simple émotivité, chacun se découvrait mainte-nant des éraflures, des marques suspectes, rien bien sûr ou presque, la trace infime d'un caillou délogé du bas-côté par les roues, celle d'une branche trop basse dont la caresse les avait enchantés sur le moment, ou même simplement un petit défaut de peinture dont ils ne se seraient jamais aperçus autrement.

Et maintenant le rire sur leur visage s'était éva-noui, leurs lèvres tremblaient, voilà qu'ils pleu-raient, ils joignaient leurs sanglots désordonnés aux hurlements du premier, et ceux qui n'avaient pu trouver la moindre irrégularité, s'étant penchés comme les autres, avaient au moins découvert la boue sur les pneus et la poussière qui ternissait, si légèrement pourtant, les brillants reflets des ailes, et s'ils n'arrivaient ni à crier ni à pleurer, c'était assez pour gémir doucement, de bas et longs gémissements qui s'ajoutaient au concert d'afflic-tion s'élevant sur la route.

Je suis descendue, moi qui le pouvais, je me suis

approchée de la voiture touchée, me suis courbée sur la misérable rayure. Le vacarme s'est calmé comme par magie. Ils suivaient des yeux mes gestes, découpés là à l'air libre, le mouvement que je faisais était une distraction à leur souffrance.

Ce silence soudain, cette attention m'ont frappée.

Je me suis rendu compte avec un choc que nous étions partis depuis longtemps. Depuis longtemps ils ne voyaient que voitures scellées et corps entourés de carrosserie. L'apparition au milieu d'eux d'un être sans roues ni moteur ni tôle, presque nu en somme, était devenu, oui, un événement. Rien de plus ne s'est passé pourtant. Tout était si nouveau jusque-là que cette nouveauté ne faisait que se mêler aux autres, et lorsqu'ils auraient le loisir ou la maturité pour y penser, ils y seraient habitués alors et ce ne serait plus une nouveauté assez forte pour les frapper. Je serais devenue pour eux *le reporter*, et ce titre dispensait d'étonnement.

En tout cas, voyant qu'ils pleuraient déjà moins fort, j'ai continué mes mouvements, me rapprochant de la rayure, puis m'en éloignant de plusieurs mètres, me couchant dans un ravin pour l'observer d'au-dessous, puis grimpant sur un arbre pour l'observer d'au-dessus. Après quoi je suis revenue vers la victime pétrifiée, et lui ai dit à voix très haute : « De l'extérieur, on ne voit rien. »

Et du doigt, je lui montrais l'arbre et le sol où je m'étais placée, lieux où il ne pourrait jamais se placer lui. Je ne sais quel tour de passe-passe était à l'œuvre, mais cet arbre et ce ravin, dont il n'avait après tout que faire, conclurent les choses. Sur son visage, dans son regard, je les ai vus devenir (à vue, je le répète, mais l'effet était saisissant) plus qu'arbre et ravin, mais garants suffisants et déjà réconfortants.

Les autres d'ailleurs, entraînés par mon assurance, approuvaient. Non, la rayure ne se voyait pas, et puis la poussière la recouvrirait vite, ils étaient presque joyeux à l'idée de tant de rayures et de poussière à venir, les plaisanteries gaillardes fusaient de tous côtés, le blessé reprit bravement ses embardées et tout le monde l'applaudit.

Ils m'avaient oubliée, et ce n'est qu'après avoir regagné ma propre voiture et repris la course avec eux que je me suis aperçue d'une chose nouvelle : la rayure s'était transportée du véhicule endommagé jusque dans mon cœur et quelle poussière irait la recouvrir là ?

Nous étions dans la course, elle était devant et derrière nous, et mes propres sentiments déjà ne m'étaient plus si clairs.

3.

Ils s'habituèrent aux merveilles de leur véhicule et commencèrent à se sentir seuls.

La caravane qui jusque-là avait roulé dans un désordre anonyme prit un rythme différent. Les vitres se trouvaient plus souvent baissées, et ce n'était pas par simple désir de manœuvrer un mécanisme ou de laisser s'échapper des exclamations trop pressantes. Les voitures se suivaient par courtes files de trois ou quatre, ou se côtoyaient de même, formant un front que chacune s'efforçait de maintenir.

C'est ainsi qu'ils rencontrèrent la prochaine difficulté de leur parcours et peut-être pour la première fois prirent-ils la mesure de cette course dans laquelle ils se trouvaient.

Les accidents, les vrais, eurent lieu à peu près en ce temps. Certains brutalement se désintéressèrent d'une aventure qui les maintenait prisonniers de la tôle, ils baissèrent à fond leur vitre et voulurent sortir du véhicule. Ils y réussirent bien sûr. Peut-être d'ailleurs n'avaient-ils eu rien d'autre en tête que d'aller fumer une cigarette sur le bas-côté, en compagnie d'un autre conducteur.

Seulement, déshabitués depuis si longtemps de

la marche à l'air libre, dans la nature sauvage, leurs organes ne résistèrent pas.

Leurs jambes lâchèrent, ils périrent sur place ou écrasés par un flot de voitures qui n'avaient pas reconnu ces formes couchées parmi les feuilles et les cailloux. D'autres tombèrent victimes d'irrégularités du terrain ou de rencontres, même inoffensives, mais pour lesquelles ils n'étaient pas préparés : un ruisseau, un buisson de ronces, une nuée de moustiques, une souris, se révélèrent de mortels dangers.

Je pus aider certains à regagner leur véhicule. Ai-je bien fait ? Était-ce seulement mon rôle ? De quoi m'étais-je mêlée en somme ? Longtemps après, il m'a semblé lire cette interrogation dans les yeux de ceux que j'avais pour ainsi dire remis en route.

La révélation qu'ils avaient eue à l'extérieur de leur véhicule avait été trop forte, ils ne retrouvèrent jamais l'enthousiasme de la course. Et si parfois celui-ci semblait revenir, c'était un enthousiasme brutal, nerveux, que les autres ne comprenaient pas, dont moi seule devinais l'origine, et qui me mettait dans une grande gêne.

Je continuais de prendre soin de leur véhicule, comme je l'avais fait au temps de l'accident, même depuis qu'ils avaient retrouvé assez de souplesse et de vigueur pour le faire eux-mêmes.

À quatre pattes sur la route, je vérifiais leurs

roues, leurs tuyaux d'échappement, le visage et les mains noircis je fouillais dans leur moteur. Je voyais bien l'étrangeté de leur regard, et je voyais bien l'étrangeté de mes gestes, mais j'étais obligée comme par un secret. Ils se moquaient de « cette activité ménagère » disaient-ils, « qui continuait envers et contre tout ». Ils se moquaient de mon fameux reportage, qui ne manquerait pas de « faire pleurer les cœurs » disaient-ils. Ces paroles ne changeaient rien. La course m'avait transformée moi aussi, et ce qui me liait à ceux-là était devenu un puits obscur que je n'osais explorer. L'un d'eux un jour... Mais il me faut revenir aux autres.

La plupart heureusement n'avaient pas cherché à quitter leur véhicule. Ingénieux, jamais découragés, ils avaient commencé par installer de petits auvents autour de leurs fenêtres maintenant toujours ouvertes, puis des porte-voix, enfin des porte-voix fixés au bout de longs tubes flexibles qui les faisaient presque ressembler à des téléphones. Ils pouvaient ainsi pendant la course continuer les conversations de l'étape, le second de la file ou de la rangée transmettant l'instrument au troisième et ainsi de suite jusqu'au destinataire particulier s'il y en avait un.

Je me trouvais souvent au milieu de l'une de ces formations, passant comme les autres l'instrument tout en conduisant d'une main et fixant la route des yeux. J'y étais plus souvent que nécessaire, je ne m'en lassais pas.

Si pourtant, je m'en lassais.

La course avançait, bien des choses commençaient à se répéter, mais lorsque je me trouvais seule à l'arrière, et le troupeau entier des voitures loin devant dans ce léger halo de poussière brillante qui ne le quittait pas, un trouble s'emparait de mes organes, le volant ne répondait plus aussi bien à mes mains, le pare-brise se voilait d'une buée insistante, et la pédale d'accélération semblait mollir et lâcher d'elle-même, me laissant le pied en l'air comme si le sol s'était dérobé. Mon but ancien paraissait aussi flou que la troupe lointaine des voitures, de plus en plus lointaines, je les perdais de vue, il me fallait un sursaut d'effort pour retrouver le cap, les rattraper, et une sorte de peur concentrée, comme une pointe, lacérait le nuage de mon reportage, l'empêchait de se condenser.

Lorsque je me trouvais parmi eux, dans la troupe cahotante des voitures, dans le bruit des avertisseurs et l'odeur chaude de moteurs, me revenaient en même temps la facilité de la conduite et, telle une soudaine averse, riche et exubérante, la présence de mon reportage.

Seulement il y avait tant de porte-voix à faire passer en tous sens, nous allions si serrés, flanc contre flanc, tous les organes (de nouveau bien alertes pourtant) s'en trouvaient mobilisés, je ne voulais pas, je ne pouvais plus lâcher la course, et déjà autre chose arrivait, et c'était comme si une longue perspective derrière s'était évanouie, aplatie par une porte invisible.

C'est qu'il ne leur suffisait plus maintenant d'aller par files ou par rangées, communiquant bruyamment par les porte-voix et roulant tous ensemble au sein de la grande caravane.

Des disruptions se produisaient, de brusques zones de turbulences qui migraient d'endroit en endroit.

Ils ne craignirent plus les rayures bientôt, ils les recherchaient même, se heurtant comme des autos tamponneuses, se faisant gloire des cris du métal, des bosses et enfoncements qui s'additionnaient sur leur carrosserie. Grisés, emportés. Ils arrivaient de plein fouet sur les ailes autrefois si précieusement protégées, ils fonçaient sur les pare-chocs, grimpant jusqu'à mi-hauteur du coffre dans l'élan, ils arrivaient en parallèle, s'accolant d'un coup de volant brutal à une portière, et un grincement déchirant poursuivait celui qui prenait de la vitesse et se séparait de l'autre.

Plus question pour moi de sortir de mon véhicule, j'aurais été écrasée dans ce brouhaha de foire. Le temps était loin où le simple mouvement d'un corps à l'extérieur installait la stupeur et le silence. Ils ne m'auraient pas reconnue, ils ne m'auraient même pas vue, mais il y avait autre chose.

J'avais envie moi aussi des chocs qui secouaient le corps, des emportements soudains du moteur, des grincements vifs qui saisissaient le cœur comme un sanglot ou un rire, et le jour où l'un de ces bolides est venu me heurter plus fort qu'à l'accoutumée faisant sauter d'un coup les gonds de ma portière et brisant ma vitre en deux, j'ai regretté brusquement que ma voiture n'ait pas été scellée, elle aussi, comme les autres. Car le conducteur...

Je l'ai regardé. C'était le même que celui qui... Mais j'ai déjà parlé de cela. Lui ne me regardait pas, il fixait d'un regard incrédule, presque d'épouvante, la porte touchée qui vibrait encore et battait sur le bas-côté. Bras, paupières arrachées, éventrement, un spectacle d'horreur, voilà sans doute ce qu'il voyait.

Il fallut un travail acharné, de l'éloignement aussi, toutes sortes de faux-fuyants et d'esquives, pour remettre la portière dans ses gonds, mais elle tenait mal, elle était la faiblesse dans ma voiture, et tout ce temps mon regret était violent, brouillant mon reportage de sa violence.

4.

Lorsque je suis revenue au sein de la caravane, le jeu n'était plus le même. Ils avaient cessé pour la plupart de se tamponner dans ce grand bruit allègre de tôles froissées. Les porte-voix même semblaient abandonnés et pendaient, comme déglingués, aux rétroviseurs des portes.

Ils s'affrontaient maintenant à un problème nouveau, simple en apparence et bizarre pourtant.

Se souvenaient-ils alors des libres accouplements d'avant la course, du doux contact des corps dans l'herbe et sur le sable ? S'ils s'en étaient souvenus, ils seraient devenus fous, ils n'auraient plus cherché que l'écrasement, que l'orgasme foudroyant contre une falaise ou dans le fond d'un précipice.

En tout cas, lorsqu'ils en eurent assez de pousser par les fenêtres, de tirer le cou et la tête, et de presque se démettre les épaules à force d'étirements, ils en vinrent à la réalité de leur situation : une carrosserie les entourait, dont le corps ne pouvait s'extirper.

Ils n'avaient pas de souvenirs, mais ils étaient bons mécaniciens. Il y eut donc un système de poulies qui soulevaient ou renversaient les voitures, et de leviers qui les ajustaient à la position voulue, en soutenaient le poids et leur imprimaient les mouvements.

Et désormais, par-dessus les dos mouvants des voitures, dans le grand nuage de poussière dorée qui se déplaçait devant mes yeux comme un mirage, il y eut cet objet étrange, assemblage de leviers et de poulies, haut rectangle ajouré qui roulait en cahotant sur sa plate-forme, semblable à une sorte d'échafaud dont les lignes se seraient mélangées en un autre ordre. L'échafaud se louait à chaque étape, puis bientôt il y en eut d'autres, plus légers, faits pour rester sur les voitures, qu'ils surmontaient comme de grandes antennes de télévision, désignant ainsi irréfutablement l'existence d'un couple.

La caravane allait dans son nuage doré, hérissée d'antennes de toutes parts.

Et moi, roulant derrière, parfois loin derrière, je voyais la ligne moutonnante des voitures et la ligne anguleuse des antennes et le grand nuage scintillant qui les suivait tantôt dessus tantôt sur le côté, éblouissant le regard comme un soleil et ne laissant, lorsque les yeux se fermaient, que deux lignes noires, l'une ondulée, l'autre brisée, rien que deux lignes, trop insaisissables pour un reportage, et si nettes pourtant qu'elles portaient presque au cœur et m'obligeaient à rouvrir les yeux, comme effrayée, et de nouveau c'était le halo doré dansant sur l'horizon, faisant cligner les paupières, jusqu'à ce qu'enfin je ne regarde plus que la route sur le sol et les aiguilles sur le tableau de bord et accélère pour les rejoindre, et soudain de tous côtés, c'était les criailleries des porte-voix, le vacarme des tamponneuses, le grincement des poulies et l'incessant va-et-vient des réparations.

Le soir, lorsque les voitures se sont réparties dans les champs, que le ronflement des moteurs s'est enfin tu, et que l'odeur surchauffée des tôles s'évanouit dans l'air frais, je roule jusqu'à la périphérie de la grande caravane, jusqu'aux buissons et fourrés, et doucement j'entrouvre ma portière.

Les bruits qui montent dans le silence sont petits et doux : un marteau isolé dont le rythme lent et régulier fait comme le tintement d'une cloche dans un village, le crissement caractéristique et si familier du tour d'écrou sur les roues qu'on change (toujours les roues), la sonnaille de menus objets posés partout sur les capots, s'éteignant d'un côté pour reprendre de l'autre, couvrant l'espace d'un chant fragile et gracieux de grillon, et de-ci de-là le soupir long des poulies rapprochant deux voitures, et ensuite, sensibles à l'oreille avertie, une succession de grincements infimes, saccadés, lancinants.

Je glisse dehors. La lune est montée là-bas sur les voitures où les poulies d'amour font comme les paisibles antennes de télévision d'une ville. Je marche, un peu étourdie. L'air délivré de l'odeur persistante des moteurs enivre comme un alcool, des ronces brusquement dérangées se rabattent d'un coup sec. L'écran du pare-brise me manque, et la carrosserie protectrice, et l'appui du volant.

Mais je cherchais mon reportage.

J'aurais fait tout le tour s'il le fallait, le grand tour à pied de la caravane, pour retrouver quoi ?

Le choc ancien du départ, l'excitation fertile lorsqu'on scellait les voitures, et cette route qui semblait n'être qu'une suite glissante de paragraphes à dérouler. Le choc était toujours là, l'excitation aussi, mais la course avait absorbé le reportage à la manière d'une grande éponge, et si des débris affleuraient çà et là encore, en fines pastilles adhésives, comment les en détacher ?

Non, je n'ouvrais pas ma portière, je ne glissais pas dehors.

À la périphérie, il n'y avait que des voitures isolées traquant, tous phares éteints à travers les broussailles, guettant les corps sans carapace, n'importe quel corps mou et souple et sans défense.

Je ne sortais pas, je ne cherchais pas mon reportage.

Ce que je voulais, c'était cahoter sans fin entre les flancs des voitures, faire passer éternellement les porte-voix de ma vitre droite à ma vitre gauche, connaître les frissons fous des rayures, et surtout désespérément m'approcher des grandes poulies, en avoir une sur mon toit, moi aussi, qui me permettrait de me joindre à une autre voiture, et la haine de mon reportage grandissait avec le regret d'une carrosserie solide, de portières bien scellées qu'une secousse ne ferait pas sauter.

Et je suivais la course obstinément, une sorte d'angoisse violente dans le cœur, qui me tenait les yeux rivés au grand nuage doré, de peur de le perdre.

5.

La pluie, la neige sont venues, des froids intenses, les caoutchoucs des vitres et des portières se sont effrités, la tôle partout s'est rouillée sur ses bords, des boulons se perdaient, des pneus éclataient, des tuyaux entiers tombaient sur la route, j'avais envie de jaillir dehors, de courir sur les bas-côtés à la poursuite des pièces fuyantes, de les ramener, moi le reporter, libre et agile, aux conducteurs ébahis dans leur carrosserie.

C'était un rêve ancien, une folie peut-être.

Le gel et la rouille avaient depuis longtemps scellé mes portières, il me fallait surveiller mes propres roues, que j'étais toujours malhabile à réparer de l'intérieur, et mes propres boulons et mes propres tuyaux, et moi-même surtout, qu'un trouble prenait parfois, une sorte de stupeur, d'immobilité, les mains molles au volant et le regard fixe devant tandis qu'un rappel confus se déplaçait au fond de moi : mon reportage, comme un brouillard.

Et la caravane s'éloignait, et il fallait la rattraper.

Parfois je croisais le regard de celui que j'avais rencontré au temps des premiers accidents, que j'avais retrouvé au temps des tamponneuses et de ma portière arrachée, et retrouvé encore sous les poulies qui joignaient nos voitures. Dans ses yeux, il y avait une interrogation comme à rebours, comme remontant aux tout débuts, aux origines de la course, ou bien n'était-ce que ma propre interrogation, renvoyée par leur surface impénétrable ?

6.

Ces choses ne sont plus que dans mon reportage.

Nous sortons de nos voitures maintenant, de nouveaux modèles munis de ceintures de sécurité, de deux ou quatre portes bien ouvrables toutes, et parfois d'une cinquième à l'arrière qu'on lève verticalement.

Que dire de plus, rien que d'ordinaire là-dedans, les voitures sont partout, jusque sur les trottoirs malgré les bornes récemment installées, et au milieu des avenues où elles font une ligne de séparation presque impossible à franchir.

J'ai dû louer une place de garage, tant il est devenu difficile de se garer, et il est si plein, bourré jusqu'à la gueule de voitures alignées pare-chocs contre pare-chocs et en perpendiculaire dans les allées, qu'il faut parfois tout simplement renoncer à sortir. Mais je prends tout aussi facilement l'autobus, le taxi, et le métro surtout qu'on nous recommande comme une seconde voiture. Le téléphone peut encore la remplacer parfois, et, dans une certaine mesure, la télévision.

Et puis il y a des courses aussi, mais elles ne ressemblent pas à celle que j'ai connue (Indianapolis, Monaco, Nürburgring, non, guère de ressemblance), ajoutant ainsi à mon incertitude et mes hésitations.

Car j'ai fait mon reportage finalement, mais maintenant que j'arrive au bout, voilà qu'il ne ressemble à rien justement, aucun journal n'en voudra, je ne sais plus moi-même de quoi il parle, c'est l'heure de pointe après le travail, je conduis dans le flot des voitures qui longe le bord du fleuve sur la voie express, la radio parle d'informatique et de communication, dans ma tête le même rappel se déplace confusément, et je ne sais toujours pas ce qu'il y a dans le regard de cet autre qui est tantôt à ma place, tantôt à celle du passager.

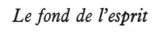

Le fond de l'esprit

1.

J'essayais des robes dans un magasin qui s'appelait AU PUY.

Dès le trottoir, j'avais éprouvé une sorte d'incertitude à cause du nom de ce magasin. Je savais en effet que « puy » signifie « mont », cependant l'homophonie avec « puits » tirait le mot dans ce dernier sens. Une force en moi s'était emparée de cette ambiguïté et menait tout un train autour d'elle. J'ignorais quelle était cette force, je ne sentais que les réverbérations lointaines d'un tumulte, qui me gênait, surtout à cause du vertige qu'il causait.

Malgré cela ou à cause de cela, je suis entrée dans le magasin. Je me suis promenée dans les étages et mon malaise s'accentuait.

Ce qui me troublait, c'est que ces vêtements semblaient avoir été conçus pour des fragments de corps. Tantôt pour le tronc – tronc sans bras, tronc avec demi-bras – tantôt pour les jambes, ou le cou, ou les seins, ou les épaules, ou la tête. Le tout incroyablement mélangé.

Quelque chose m'échappait, il fallait que je sorte au plus vite.

Et puis soudain, ce devait être au dernier étage, il m'a semblé retrouver une certaine cohérence. Là se voyaient des vêtements pour le corps entier. C'étaient des robes, elles se suffisaient à elles-mêmes, il n'y avait rien à ajouter pour les compléter, et comme la plupart étaient assez longues et que la saison n'était pas froide, on avait l'impression d'arriver dans un lieu, comment dire, dans un lieu de « pensée juste ».

J'ai éprouvé une sensation de bien-être, et aussitôt avec celle-ci un afflux d'optimisme, suffisant pour me donner envie de participer à ce qui se faisait à cet étage.

Naturellement, il s'agissait d' « essayer ».

2.

Je ne savais trop comment m'y prendre.

Dans un désir de bien faire et pour ne rien laisser au hasard, j'ai sorti une robe de chaque rangée, c'est-à-dire que je me suis retrouvée avec plusieurs

modèles empilés sur les bras, tous d'un *genre différent*. La vendeuse n'a pas eu l'air étonné. Elle
avait un problème digestif dont elle avait entrepris
la description à une autre vendeuse et elle ne
s'intéressait guère à moi.

Les cabines étaient des sortes de placard,
étroites, avec des portes battantes genre saloon. On
pouvait tout juste s'y habiller ou déshabiller. Pour
se voir, il fallait sortir dans la salle, où se trouvait
un grand miroir en pied. J'étais dans une de ces
cabines. Mais au lieu de m'y activer comme je le
voyais faire à droite et à gauche, je restais comme
pétrifiée, incapable de remuer bras ou jambes.
C'est que je ne savais laquelle de mes robes
essayer. Je venais de me rendre compte qu'il fallait
bien commencer par l'une et ce problème infime
semblait insoluble.

À cet instant est apparue dans le miroir, face à
ma cabine, une petite dame à robe noire et ceinture vernie, col blanc et cravate à pois. Aussitôt,
retrouvant l'usage de mes membres, j'ai sorti de
mon paquet la robe de ce modèle et je l'ai enfilée.
Puis je suis sortie moi aussi pour aller devant le
miroir.

C'était moi, j'étais une dame aimable et pleine
d'empressement, entreprise de pompes funèbres
ou confiserie de luxe, tombé précis de la jupe, ser-
rage ferme de la ceinture, netteté du col blanc, et
la touche finale, j'étais contente aussi de la touche
finale, la cravate à pois. Bon accord avec la vie,

simple, ne pas chercher midi à quatorze heures, comme on dit...

Pendant ce temps l'autre cliente s'était déjà rhabillée, avait annoncé qu'elle achetait la robe en question, on en était au chèque et à l'emballage. La vendeuse était contente, c'était une affaire rondement menée.

Moi, j'étais retournée dans ma cabine, la robe me gênait soudain, elle m'engonçait, elle était ridicule, vite je l'ai enlevée.

Une autre femme était devant le miroir, à l'extérieur des cabines. Elle était accompagnée d'un homme, peut-être ni grand ni corpulent, mais qui le paraissait. Il mettait à cet achat de son épouse le même sérieux autoritaire et expéditif qu'il devait mettre à ses affaires. La robe était noire aussi, mais d'un genre bien différent. Décolletée jusqu'aux seins devant, jusqu'au creux des reins derrière, et sur les hanches un rouleau de fourrure brillante piquant en V à la hauteur des cuisses. La femme était rousse, maquillée, et commandait ses retouches avec décision.

J'avais ce modèle dans mon tas. Je l'ai mis. L'effet de fourrure se propageant vers le haut donnait à ma peau l'éclat d'un maquillage, mes cheveux prenaient une teinte mordorée. Je n'étais pas loin, pas loin du tout, d'être cette femme mondaine, riche, faite pour suivre son mari dans les grands hôtels internationaux. Mille sensations changeaient de place dans ma tête, je commençais à me rappeler... quoi au juste ?

Je n'ai pas eu le temps d'y réfléchir. La vendeuse me demandait ma robe, c'était une question de taille, « et si je ne la prenais pas, voulais-je bien la donner, afin que Madame puisse la passer ? ».

Donner ma robe ? J'étais piquée au vif, une réponse pleine de morgue m'est venue aux lèvres, malheureusement si j'avais pour ainsi dire le contenant de cette réponse, je n'en avais pas le contenu. J'ai tiré les portes de ma cabine sans mot dire et j'ai rendu la robe comme on rend une place forte.

Après il y a eu beaucoup de monde et j'ai dû précipiter mes habillages et déshabillages...

Robe-manteau très simple, un peu austère, « ajoutez un colifichet » disait la vendeuse, scarabée doré par exemple, griffé sur le revers, chaussures plates, sac, embarquement immédiat, je me suis trouvée soudain très occupée, j'étais une hôtesse de l'air, modèle de magazine, la tête fourmillant de projets gros de promesses et de ramifications, impatiente de m'élancer vers cette ville si bien faite pour eux.

C'était vraiment un crève-cœur de s'interrompre brusquement pour enfiler une robe niaise en acétate, mais comme on peut se tromper, l'acétate imitait la soie à la perfection (sans la fragilité de la soie, disait la vendeuse), les petits plis faisaient très féminin (parfait pour les petits dîners, disait la vendeuse), les dîners au restaurant avec mon mari, mon amant, un gros commerçant qui aimait la bonne chère, la compagnie, mais aussi les livres d'art sur les monuments. Il faudrait des talons hauts, de la poudre de riz...

Quelle horreur d'avoir à se fourrer maintenant dans cette espèce de sac informe, en laine de nos moutons, de nos moutons bêlants, mais comme les gens peuvent avoir des préjugés, c'était le plus doux des vêtements, il n'y avait plus qu'à dorloter ses rêves au coin de la cheminée, au fond de la vallée...

Pendant tout ce temps, la vendeuse continuait la narration de ses troubles gastriques : elle se sentait faible, partie sur le versant de la mort, alors elle mangeait, comme une barque appareillant pour un long voyage, mais aussitôt après son ventre gonflait démesurément, et elle se mettait à souffrir, une douleur imprécise qui occupait tout le ventre, tandis que là-dedans rien ne bougeait, ni gaz ni gargouillis, juste la douleur. Alors elle aurait voulu se trouver comme avant, vide et faible mais sans douleur.

J'écoutais cette histoire avec passion. J'aurais voulu être égoutier, tout petit égoutier, et descendre avec mon casque, ma lampe et un puissant jet à eau dans les profondeurs coudées de ces intestins. Soudain la vendeuse s'est redressée sur son siège et m'a dit, regardant la dernière robe d'un air distrait : « C'est votre genre. » Puis elle s'est raffalée sur son tabouret.

Elle m'avait dit la même chose pour les autres

robes et me le répéta pour les robes suivantes. Elle m'a fait peur soudain. Que voulait-elle dire à la fin ? Il faisait chaud, étouffant, j'étais en sueur, il me semblait que j'étais dans un labyrinthe et que, à chaque carrefour, ces mêmes paroles de la vendeuse me tombaient dessus en grosses gouttes.

À cet instant, j'ai été comme foudroyée par une révélation : je ne savais pas laquelle de ces robes choisir, c'était un choix absolument impossible. Il ne s'agissait pas d'une indécision futile. Il s'agissait de bien autre chose. Je ne pouvais choisir une robe car je ne savais pas quel était mon genre. Je ne savais pas qui j'étais.

Inutile de dire que je ne pouvais guère m'enfuir. Le fouillis épais d'étoffes accumulées dans ma cabine faisait un rempart. Si je cherchais à le franchir, toutes les vendeuses en courroux se précipiteraient vers moi.

Une femme est alors apparue devant le miroir. Elle essayait une robe qu'on pourrait à peine décrire. Faite par un artiste, cette robe ne pourrait être décrite que par un artiste. J'y ai vu quelque chose comme un vol de papillons autour du corps d'un reptile. Tout le monde s'était arrêté pour regarder. L'une des vendeuses a expliqué que c'était un modèle de collection, unique, qu'on ne sortait pas pour n'importe qui, et a indiqué son prix, qui était extravagant.

La femme avait l'air confus. Nos regards se sont croisés. Il y avait un appel à l'aide presque désespéré dans le sien. Aussitôt, j'ai eu un accès d'inspiration.

– Bien trop léger, ma chérie, ai-je dit d'un ton sans réplique. Tu sais bien que les pièces du château sont impossibles à chauffer.

J'ai su que je nous avais sauvées, elle, et moi avec. Le mot « château » avait été un coup de maître. Rien à redire à « château ». Personne ne pensait à toutes ces robes amoncelées sur les portes de ma cabine. Nous sommes sorties ensemble, cette femme et moi, souverainement à l'aise.

3.

– Merci, me dit-elle une fois dehors. Je ne savais comment m'en dépêtrer.

– Oh de rien ! lui ai-je dit avec enthousiasme. J'ai été comédienne, j'ai le sens des situations.

Ce qui, dans cet instant, était sincère.

L'histoire que j'avais inventée dans le magasin me portait encore. J'étais sur un tapis volant, momentanément sans souci et grisée d'assurance.

Immobiles, sur le trottoir, nous ne pouvions plus arrêter de commenter notre exploit. Voici comment nous l'interprétions : lorsqu'on habite un château, il est légitime de prétendre à des robes

très coûteuses, des robes royales pour ainsi dire.
D'autre part, chacun sait que le confort moderne
s'adapte mal à ces splendides demeures du passé.
Il fallait donc une robe royale, mais chaude. Nous
n'étions donc pas en tort d'avoir demandé puis
refusé la robe. Par contre, le couturier auteur du
modèle, le magasin vendeur et les vendeuses
étaient en tort de n'avoir pas présenté une robe
royale *et* chaude. D'où le renversement de situation et notre victoire. Enfin le sujet s'est trouvé
épuisé.

– Venez prendre un verre avec moi, me dit la
femme. J'aimerais vous remercier.

Il y avait une réelle gentillesse sur son visage, ce
visage par ailleurs était banal. J'ai senti que ce
serait une façon de redescendre en douceur de
mon tapis et j'ai accepté.

Nos cafés fumaient dans leurs petites tasses.
Cette femme m'a raconté sa vie, qui était une vie
avec tous les éléments qui font tant d'autres vies.
J'écoutais sans écouter, assez pour vérifier que je
n'étais pas devenue étrangère aux « affaires
humaines ». Ce qu'elle me racontait, oui, je le
reconnaissais, et si je n'arrivais pas à entrer per-
sonnellement dans son histoire, bon c'était bien
ainsi, il ne fallait pas trop en demander. L'essentiel était de ne pas être perdue. Je ne l'étais pas.
J'étais comme dans un téléfilm, pour risquer une
comparaison. Encouragée ainsi, je montrais un
intérêt chaleureux. Il est possible que cette femme

n'en ait jamais reçu autant, de personne. À ses réactions, j'en étais même sûre. Cela me stupéfiait douloureusement. En tout cas, je gagnais son amitié. Je voyais que cette femme n'analysait pas ses sentiments, qu'une fois donnée cette amitié ne serait pas inquisitrice. Je commençais à me laisser aller, moi aussi.

Ce qui me tenait maintenant, c'était la curiosité concernant la robe. Pas la robe si belle et coûteuse à laquelle nous avions échappé, mais celle qu'elle avait finalement achetée, bien moins grandiose, enveloppée en ce moment dans un sac de papier brillant qui portait en lettres d'or, comme dans un cartouche, le nom du magasin AU PUY.

Une robe pour « sortir », cela voulait dire quoi, finalement ?

— Qu'est-ce que vous allez en faire ? ai-je dit.

— Oh, m'a-t-elle répondu avec légèreté, vous savez, c'est pour téter.

— Comment ?

— Pour téter, vous savez bien.

Quelque chose dans mon expression a dû la frapper. Elle a cru que j'étais envieuse peut-être. Sa gentillesse s'est émue.

— Si vous voulez, accompagnez-moi ce soir. Je sors.

J'ai dit oui comme si je lui donnais ma vie.

Après j'ai fait un effort pour me calmer. Je me suis mise à siroter mon breuvage comme le faisaient tous les clients du café, c'était un café agréable, plein de monde, de bruits de conversations, de fumées de cigarettes. Tout allait bien, j'étais heureuse.

— Si vous êtes seule, dit Ada.

C'était à peine une question, mais comme par magie, mon histoire m'est arrivée aux lèvres. J'ai eu envie de la lui raconter. L'amnésie datait de quelques jours, j'étais suivie à la clinique en attendant que la mémoire me revienne ou qu'on m'identifie. J'avais été trouvée enveloppée dans un sac de pommes de terre au milieu d'un champ tout près d'une des bretelles de l'autoroute qui menait à l'aéroport. Tout m'avait été enlevé, j'étais à peine contusionnée. Il n'y avait pas d'indices, rien.

— Rien ? a soupiré Ada.

Encore une fois, c'était à peine une question. Cela justement me donnait envie de continuer. Non, pas d'indices, sauf ma façon de parler. Je m'exprimais avec lenteur, dans une langue conventionnelle où toutes les articulations logiques tenaient à être marquées, où aucun mot n'était sauté, et où chaque phrase se déroulait en son entier, même lorsque le sens général avait déjà été saisi des autres. Le médecin avait suggéré que j'étais peut-être d'origine étrangère ou, autre hypothèse, que j'étais redevenue l'enfant faisant l'apprentissage de sa propre langue et s'appliquant à suivre les règles. « En fait, avait conclu le médecin (une femme), vous parlez comme quelqu'un en perdition. » Comme j'avais eu l'air choqué, elle avait rougi puis ajouté « vous vous accrochez à la structure formelle des phrases comme à une bouée de sauvetage ». Ce n'était pas faux, je sentais bien un certain embarras à parler, ai-je dit à Ada.

– Mais non, fit-elle.

Après quoi elle est rentrée chez elle pour se changer, me donnant rendez-vous devant le magasin AU PUY pour un peu plus tard.

Je suis restée un long moment au café, puis j'ai fait les cent pas autour du magasin. Je pensais à Ada.

Elle avait un léger accent, me semblait-il. Une émigrée ? Réfugiée d'une guerre ? Laquelle ? Elle ou ses parents ? Non, je ne pouvais me pencher sur les remous de l'Histoire, ils m'engloutiraient, je tenais à peine au bord de la mienne.

Puis j'ai pensé à ce que j'avais raconté à Ada. Le soir tombait. Je me sentais comme un insecte rampant sous des poutrelles, mais je ne voyais pas ce qui me faisait sentir cela. J'avais aussi le sentiment d'être vidée et désirant aspirer quelque chose. Rien non plus à quoi rapporter cela. Mes jambes flageolaient. J'attendais Ada.

Et soudain je l'ai vue.

Je l'ai vue, reflétée dans la vitrine, vêtue de sa robe neuve qui semblait encore accrochée sur un cintre, dans le magasin. Le cintre lui-même semblait accroché à quelque chose qui pendait du plafond. J'ai continué à lever les yeux. Le magasin était une grosse ventouse, reliée à l'extrémité d'un tuyau de grand calibre. Ce tuyau montait en l'air, faisait un coude et rejoignait un autre conduit beaucoup plus gros.

Il n'y avait pas de ciel dans cette ville, on ne voyait qu'une énorme tuyauterie, sous laquelle pendaient partout de grosses ventouses qui accrochaient le sol de leurs parois.

La petite forme d'Ada à l'intérieur du magasin est revenue. Le reflet a disparu, elle était arrivée à côté de moi.

— Alors on va téter ? dit-elle joyeusement.

Elle avait toujours son air de gentillesse, cela m'a permis de me remettre, mais tout de même comment se retenir ?

— Tout ça, ai-je dit en levant la main.

— Quoi ?

— Ça.

— Ah ça ? Je ne les vois plus, vous savez. En tout cas, c'est quand même plus facile.

Impossible de lui demander ce qui était plus facile. Je ne voulais surtout pas gâcher notre rapport, cette amitié m'était d'un tel secours.

D'ailleurs au bout d'un moment, à force de lever la tête et guetter, j'ai commencé à apercevoir le ciel.

À cause des tuyaux qui le parcouraient en tous sens, il n'en restait que des lanières, pleines d'angles et de trous, découpure immense, fragile,

d'un bleu profond translucide, avec des traces de
rose par endroits, comme déchirées, le tout d'une
forme absolument inconcevable. Inconcevable,
c'est cela, parce qu'on n'avait pas pensé au ciel, il
n'était que le résidu d'une autre pensée, copeaux
tombés au hasard.

C'était un ciel qui me frappait terriblement.

– Excusez-moi, ai-je dit, tout me paraît un peu
bizarre.

– C'est l'amnésie, a-t-elle répondu.

– Ah oui, l'amnésie, ai-je dit.

– Heureusement, on vous a retrouvée !

Quelle histoire lui avais-je racontée exactement ?

– Oui, ai-je répondu, hésitant soudain. Mais je
ne suis pas encore tout à fait la même.

– Ça se comprend, m'a-t-elle dit avec conviction.

J'avais de la chance, elle était lisse, lisse, Ada.
Elle était de ces gens qui emploient les mots qu'on
leur prête, et il leur paraît du même coup en avoir
le sens et l'expérience. Ils approuvent tout, et ainsi
on glisse.

En cet instant, j'aimais Ada avec toute la force
de ma personnalité d'amnésique.

4.

Nous sommes allées dans un lieu que je serais incapable de décrire. Son étrangeté m'aveuglait, emplissait ma tête de sensations autonomes, sur lesquelles je n'avais aucune prise, comme une symphonie au synthétiseur composée par un artiste d'un millénaire encore à venir. J'errais au milieu de mes propres sensations, minuscule, impuissante. Il me semblait que les lumières étaient tamisées, mais je les voyais tout aussi bien violentes, parcourant tout le spectre dans un clignotement rapide et désordonné qui désorientait les yeux.

— C'est là, me dit Ada.

Mais mes prunelles endolories ne voyaient rien. Ada avait mis une paire de lunettes énormes aux verres opaques, c'est dans le reflet de ces verres que j'ai finalement distingué ce qu'elle me montrait.

Pendant de l'entrelacs de tuyaux qui formaient le plafond, il y avait des objets pour lesquels aussitôt un mot m'a sauté à l'esprit. C'étaient des mamelles, de longues mamelles, et j'ai compris pourquoi Ada avait dit « téter ». Chacun se plantait là-dessous, tirait sur une sorte de tube flexible qu'on amenait jusqu'à un entonnoir très petit,

collé comme une pastille sur le corps, sur
n'importe quelle partie du corps.

– Ouf, dit Ada. J'ai cru que j'avais perdu mon
entonnoir. Ce serait la deuxième fois et c'est plus
difficile à remplacer que les cartes d'identité. Mais
aussi, pourquoi sont-ils si petits !

Bien sûr, je n'avais pas mon entonnoir.

– C'est vrai, dit Ada avec compassion, l'amnésie.

Encore une fois, j'ai admiré sa simplicité. Elle
posait de gracieuses passerelles entre des causes et
des effets inconnus, retranchés comme des forte-
resses dans des citadelles redoutables, et elle circulait avec insouciance au-dessus de ces gouffres
effrayants que tant d'autres avaient mis leur vie à
explorer.

Comme je l'admirais, comme je l'aimais, Ada,
ma libellule !

Je me suis rappelée le magasin AU PUY, les
robes pendant aux cintres, les cintres pendant de
la barre, la foule avide qui circulait.

– Tout le monde tète ? ai-je demandé à Ada.

Le mot me gênait terriblement, mais je voulais
rester proche d'elle, pouvoir continuer à lui parler.

– Ah oui, tout le monde, sauf les dingues ! a-
t-elle dit en riant très fort.

J'avais ma main sur son bras, je me tenais par ce
relais à la longue mamelle qu'elle tétait. J'avais si
peur de la perdre.

Au bout d'un moment, j'ai fini par voir que son corps gonflait et dégonflait au rythme d'un mouvement qui n'était pas le sien, qui venait d'ailleurs. Ce mouvement me soulevait le cœur, m'abrutissait. Une tristesse affreuse m'envahissait.

J'ai dû me détacher d'elle.

Le spectacle autour : des pantins par grappes, accrochés aux mamelles filiformes qui pendaient d'une énorme machine, si énorme qu'elle se perdait dans l'obscurité, ne laissant voir les étoiles que çà et là, par des vitres oubliées, ou au hasard d'interstices semblables à des puits de cheminée.

Je reculais, reculais.

5.

J'avais quitté Ada d'un seul coup, j'étais partie à travers la ville, mais le trouble de la soirée ne me quittait pas.

Il y avait encore beaucoup de gens dans la rue, couchés ou debout, ils tétaient, le visage tendu vers les longues mamelles flexibles qui pendaient sous le ventre des gros tuyaux. J'ai commencé à avoir peur. Sans cesse j'entendais le rire d'Ada...

Peut-être étais-je une dingue, voilà à quoi je réfléchissais. En tout cas, l'occasion m'était donnée de le cacher, il fallait jouer serré.

À un coin de rue, je suis tombée sur un gros homme rougeaud qui tétait en poussant des vociférations comme à un match de foot. J'avais grande envie de communiquer.

— Qu'est-ce que vous faites en dehors de téter ? lui ai-je dit.

Il ne répondait pas. Dans un accès d'audace (mais il me semblait qu'il ne m'en voudrait pas, que nous nous comprendrions), je lui ai donné un grand coup de coude dans le ventre, qui l'a momentanément arraché à sa mamelle.

— Quoi ? a-t-il vociféré.

— Qu'est-ce que vous faites en dehors de téter ?

— Ah la bonne blague ! a-t-il hurlé en me donnant une claque sur les fesses. Allez ouste, dégagez.

Et il s'est replanté sous son tube.

Je n'avais pas envie de dégager. J'avais envie de rester près de ce gros homme, de m'empaler sur son ventre, de poser ma tête sur sa poitrine grasse, dans la forêt des poils, et de m'endormir en écoutant ses cris semblables à ceux d'oiseaux sauvages dans la jungle. J'avais aimé la claque de ses grosses mains sur mes fesses. Me prendrait-il pour une prostituée ? Étais-je une prostituée ?

6.

Je me suis mise à marcher très vite, pour sentir la fraîcheur de l'air et dissiper cette question.

Les rues où j'étais arrivée étaient désertes, c'étaient des ruelles plutôt, trop étroites pour qu'on aperçoive nettement les gros tuyaux qui m'avaient fait une impression si pénible.

Soudain j'ai aperçu une façade, petite, basse, le crépi était en lambeaux, il n'y avait qu'un étage, trois fenêtres fermées de volets de bois à l'ancienne. La couleur originale était indiscernable, elle était devenue jaunie, passée, une couleur de chair pitoyable mais auréolée par la lueur transfigurante du réverbère qui semblait la regarder depuis toujours.

Ce genre de maison, on ne pouvait qu'avoir le sentiment de la « reconnaître ». Rassurée par ma lucidité, je me suis dit que je pouvais bien essayer d'entrer.

La petite porte, qui avait l'air abandonnée, était entrouverte. Deux mamelles pendaient au bout de ficelles, bougeant dans le vent froid d'un air désolé.

J'ai tiré l'une d'elles. Malgré mon manque d'entonnoir (Ada était encore dans mes pensées), je voyais nettement qu'elle ne marchait pas.

L'autre faisait entendre un crissement de gonds comme une vieille porte qui s'ouvrirait. Je l'ai lâchée précipitamment pour entrer. Ce crissement évoquait un son de la vie ordinaire, de la vie humaine. Quoi qu'il en soit, je prenais tout cela comme signes d'encouragement à poursuivre.

Il le fallait bien, il fallait bien poursuivre.

Derrière il y avait un petit couloir, avec des sacs de ciment empilés sur le côté, autre signe d'encouragement.

Ensuite un escalier, pas très bien éclairé, la peinture écaillée. Ma nausée et l'affreuse sueur avaient disparu, je me sentais bien.

J'ai marché un long moment, et c'était tout à fait comme une promenade. Lorsqu'on se promène, on pense à des choses et d'autres. Je me demandais si j'étais dans la fameuse tuyauterie. Ces couloirs faisaient comme des rues, petites, tortueuses, sur lesquelles donnaient des portes et fenêtres d'appartement, le tout pas en très bon état, mais ce n'était peut-être qu'une question de contraste. Pas de bruit. Personne, j'entendais mes pas. Tout le loisir de penser à des choses et d'autres.

Voici à quoi je pensais : pour se remplir de tout ce qui tombait sans cesse de ces mamelles, il fallait être un tube creux. C'était la mémoire qui faisait ce tube creux, une mémoire plate, roulée en cylindre. Mais dans mon cas, la mémoire ne tapissait plus les parois, elle était tombée à l'intérieur du tube, le bourrant de flocons incontrôlés, je ne pouvais donc pas téter, ça ne circulerait pas, ça se mêlerait à ces flocons, en Dieu sait quelle glu.

Des flocons et de la glu !

Tout de même, cela me faisait rire et j'ai eu la témérité de pousser une porte.

7.

De la témérité, il en fallait, car s'il y avait eu quelqu'un ?

Il n'y avait personne. C'était un tout petit appartement avec un grand matelas par terre, recouvert d'une peau de mouton blanche. Ce lit attirait si fort mon attention que je n'ai d'abord rien vu d'autre.

« Oh le joli lit blanc ! » me suis-je dit.

Je me dirigeai vers lui à petits pas.

« Je suis fatiguée, me suis-je dit, très fatiguée. Je vais m'allonger un peu. »

La peau de mouton faisait comme un nid. Une fois confortablement blottie en elle, j'ai regardé le reste de la pièce. Il y avait une table à tréteaux, avec des rames de papier non ouvertes dessus, un appareil de télévision et un magnétophone, et un cendrier qui débordait de mégots. J'ai eu très envie de fumer. Des cigarettes de cette odeur-là précisément.

Il m'est venu une idée. J'étais si bien sur ce lit, peut-être était-ce mon lit, j'étais peut-être chez moi. Cette idée m'a fait dormir sur-le-champ.

Je me suis réveillée brusquement sous le regard de trois personnes. Une jolie femme à l'air énergique, un garçon rêveur, un monsieur sérieux. Je ne peux décrire que leur air le plus général, la situation était urgente, ne laissait pas de place pour les détails.

— Pourriez-vous me dire ce que vous faites là ? disait la femme.

Je me suis levée d'un bond et aussitôt j'ai senti que j'allais me trouver mal.

— Écoutez, ai-je dit à toute vitesse avant que la blancheur horrible qui neigeait dans mes veines et devant mes yeux n'oblitère tout, il faut que j'aille aux toilettes, il faut que je boive, il faut que je mange.

Normalement, ils auraient dû me mettre à la porte.

Mais plus il me semblait agir bizarrement, plus ils avaient l'air à leur aise. Ils étaient vraiment attentifs, les regards circulaient entre eux, rapides et efficaces. Ces regards, ils faisaient comme un hamac où je me balançais béatement.

Tous les trois maintenant s'activaient, me servaient.

— Allez, mon petit, une bouchée pour Billie, une pour Ted, une pour Paulo.

Pendant que je mangeais – des œufs sur leur

blanc, une tomate en quartiers, une tranche de bacon et du gruyère râpé par-dessus, c'était si bon que cela semblait ma nourriture habituelle –, j'ai eu envie de leur demander ce que c'était que j'avais vu en bas, ces mamelles que tout le monde tétait. La phrase d'Ada « tout le monde, sauf les dingues » ne me faisait plus peur.

Je suis allée tout droit dans ma description. Allaient-ils me mettre dehors ? Mais non, ils étaient enchantés. Ils me demandaient des précisions, il m'en venait des quantités, mon récit me semblait chargé d'une sorte d'énergie, j'aurais voulu l'apprendre par cœur, pour l'avoir comme viatique en cas de danger. Mais il y avait trop d'urgence, trop d'énervement dans mon état.

– Ne vous en faites pas, dit le jeune homme rêveur. C'est très bon. Ça me plaît complètement. Tu n'as qu'à mettre ça en forme, Billie, ma chère, ajouta-t-il en se tournant vers la femme.

– Ça me plaît aussi, si madame veut bien me consacrer un peu de son temps pour que nous travaillions ensemble.

– Nous aurons les droits d'exploitation, dit le monsieur sérieux, et nous vous paierons une somme forfaitaire ou un pourcentage, à votre choix.

J'allais mieux. Je voulais participer à une conversation.

– Qu'est-ce que vous faites dans la vie ? leur ai-je demandé.

– Eh bien, dit la femme, nous déversons des choses dans ces tuyaux et mamelles dont vous avez si bien parlé.

Ils se sont tous mis à rire en me regardant avec amabilité. Il était clair qu'il s'agissait d'une plaisanterie. Mais je ne la comprenais pas. Cet appartement, ce lit n'était pas le mien, seul le bien-être passager que j'y avais éprouvé avait pu me le faire croire. Je ne voulais plus rester ici. Une nouvelle peur prenait possession de mon esprit, la peur que ces gens ne me retiennent de force. Je suis allée vers la porte comme pour la refermer, mais en réalité c'était pour pouvoir fuir.

– Je vous en prie, leur ai-je dit, excusez-moi d'avoir pénétré chez vous. Je vous remercie de votre hospitalité...

– Inutile de vous excuser, dit le jeune homme. Ce n'est qu'un bureau ici, et le lit c'est parce que mademoiselle Billie travaille mieux les jambes allongées, elle n'a pas encore de varices pourtant. Elle a même de très jolies jambes, si vous voulez les regarder.

– Arrête tes âneries, dit le monsieur. Vous êtes sûre que vous ne pouvez pas rester un peu, cela ne prendrait que quelques heures ?

– Une semaine, s'est exclamée la femme. Tu ne te rends absolument pas compte du travail que cela représente.

Ils étaient tous les trois en demi-cercle devant moi.

– Je suis désolée, ai-je dit. Ma famille m'attend. Nous devons dîner ensemble ce soir, ma belle-fille vient d'être reçue à un concours d'ingénieur, nous fêtons son succès, ils pendent la crémaillère, ils attendent un bébé. Ils vont être inquiets. Merci encore.

Aucun des trois ne tentait un geste. Ils me regardaient bouche bée.

Une fois revenue dans la rue, le ventre plein, la vessie vide, mon estime pour moi-même gonflée par la remarquable sortie que je venais d'effectuer, je me suis mise à me redérouler cette scène.

Je m'étais bien débrouillée. Et maintenant cela me frappait, cette vitesse, cette facilité. Aurais-je un fils, un fils qui venait de se marier, dont la jeune femme venait d'être admise à une école d'ingénieurs ? Cela ouvrait de nouvelles possibilités.

Ils pendaient la crémaillère dans leur nouvel appartement, ils en avaient donc un, bon point. Peut-être attendaient-ils vraiment un bébé, mon fils ne devait pas être un sot pour avoir pris une femme ingénieur. Ils s'en sortaient bien ces deux-là, cela finissait par ressembler à un fantasme.

Et soudain j'ai compris. C'était à cause de cette histoire de tuyaux que je leur avais racontée, j'avais voulu me rattraper, j'avais voulu qu'ils prennent tout cela, comment dire, sous un angle technique.

J'avais senti que si je me plaçais dans l'angle, comment dire, dans l'angle technique, ils me laisseraient m'enfuir.

Et maintenant il fallait aller à la clinique. Je n'en pouvais plus de ces récits, de ces errances. Il fallait retrouver le droit fil au plus vite, sortir de cet entrecroisement où je me perdais.

L'adresse ?

Je ne trouvais pas dans ma tête l'adresse d'une clinique, ni son nom, ni le nom du médecin-chef, je ne trouvais rien, ni lieux ni visages, que des images conventionnelles. Étais-je vraiment allée dans une clinique ? J'étais assommée, je n'arrivais plus à me rappeler à quel propos il avait été question d'une clinique, cela me faisait bâiller, bâiller.

8.

J'étais arrivée devant un petit square, pas vraiment un square, il n'y avait ni grille ni barrière, mais une longue pelouse, quelques bancs et beaucoup de chiens. Les chiens folâtraient, certains étaient assis sur leurs pattes de derrière, l'air pensif et absorbé.

Il y avait une cabine téléphonique aussi, toute neuve, comme un beau jouet. Et puis des pigeons, qui promenaient leur plumage gris comme de petits toits tranquilles. Un groupe roucoulant s'était rassemblé au bout de l'allée, autour d'un petit champ de miettes, et on aurait dit un village, un village charmant et familier.

Cet endroit m'a paru merveilleusement accueillant. Là, je pourrais téléphoner à Ada, lui donner rendez-vous, l'attendre.

Je ne trouvais plus son numéro de téléphone, et lorsque je me suis rendu compte qu'elle ne me l'avait pas donné, je ne trouvais pas non plus le nom de cette personne dont je cherchais le numéro, qui elle était, où je l'avais rencontrée, pourquoi je voulais la revoir.

« Comment, comment vais-je faire ? »

Il ne me restait plus que ce coin de banc, le gravier par terre, mon corps que je touchais. Peut-être tout cela aussi allait-il disparaître ? Comment ferais-je lorsque j'aurais perdu mon propre corps ? Est-ce que ce serait la mort ?

Je me serrais moi-même dans mes bras, pour me retenir moi au moins, m'empêcher de me déserter. Je me disais des choses « je t'aime, mon petit corps chéri, ne m'abandonne pas ». « Je t'aime, je t'aime », c'était cela qu'il fallait dire pour l'instant, après on verrait, je me concentrais très fort là-dessus. J'étais sûre que c'était la prière la plus passionnée de ma vie. « J'aime, j'aime. »

Comme en écho, quelqu'un m'a dit :

– Vous les aimez aussi ?

– Qui ça ?

– Les chiens.

– Oh oui, ai-je dit, les chiens, je les aime, je les aime beaucoup.

Celui qui se tenait devant nous était une grande bête blanche, racée. Je ne connaissais pas les races de chien, mais je lui avais un flot de reconnaissance, à lui et à son maître, pour les paroles qu'ils m'avaient permis de prononcer.

C'était facile de continuer maintenant, de parler du chien, du square, du temps. Je bredouillais un peu, mais ce devait être à cause du froid.

– Pas étonnant, dit l'homme, vous êtes à peine couverte.

– Je suis sortie cinq minutes. Je croyais qu'il faisait beau.

– Mais il fait beau, dit l'homme d'un ton apaisant en allongeant les jambes devant le banc et regardant le ciel.

Et c'était vrai, il faisait beau, magnifiquement beau, une journée claire et sonore, comme un cheval piaffant. Ces belles journées-là ne m'étaient pas étrangères, j'en avais chevauché déjà, je sentais que cela m'était possible, je sentais la possibilité de flexion, de détente.

Ça allait, ça allait.

J'ai repris confiance. J'aimais le visage de cet homme, finement ridé, mais dont toutes les rides menaient au regard, et le regard était vif et profond. Des siècles d'Histoire derrière et une subtilité juste à la mesure de leur énorme obscurité. « Ce que l'Europe fait de mieux », me suis-je dit.

C'était là prendre pied sur un continent. J'étais soudain très contente. L'homme avait des lunettes, un costume avec cravate, ni vieux ni neuf, en harmonie avec ses gestes et son corps. Sa voix était douce, gentiment moqueuse, réservée mais pleine de secours.

Sûrement, cet homme me connaissait. Cette douceur, cette sollicitude, on ne l'avait que pour un être qu'on aimait, qu'on appréciait, dont on connaissait les petites faiblesses, mais ces petites faiblesses n'étaient rien à côté des qualités fortes pour lesquelles on le respectait.

J'avais des petites faiblesses, j'avais de grandes qualités, on m'aimait pour cet ensemble, cela faisait un ensemble. J'étais presque entièrement rassurée.

Et de fait nous parlions depuis un moment, de livres, de gens, par bribes, sans contrainte.

– Je suis bien content de vous rencontrer comme ça, a-t-il dit. Tout de même, allons dans un endroit plus chaud, vous avez l'air transi.

Nous avons pris un taxi et nous sommes descendus dans un bar en sous-sol, bien chauffé, avec de grands fauteuils, une atmosphère calme et feutrée. Il y avait des chips et des olives dans de petites assiettes. « Comme d'habitude », dit le garçon en apportant deux whiskies.

– C'est un bon texte, disait l'homme, mais...

– Mais l'auteur est fou, ai-je interrompu brusquement.

Comment savais-je cela ? Aussitôt j'ai été trempée de sueur. Si c'était moi, cet auteur fou ? Si cet homme aux manières douces ne m'accompagnait que pour m'apprendre cela ?

– Non, non, disait-il, mais la traduction n'en sera pas facile. Non, ce ne sera pas de la tarte.

Je me suis rassise brusquement. Je l'avais échappé belle.

– Je prendrais bien une tarte, ai-je dit.

Il s'est mis à rire.

– Bon, ça va mieux, a-t-il dit. Mais vous m'avez inquiété, vous savez.

D'un seul coup je lui ai tout raconté. Si ce n'était pas à celui-là, ce serait à personne. Je ne trouverais jamais plus approchant. Vite, il fallait raconter, avant que les directions ne changent, que l'oubli ne revienne sucer chaque petit pan de vie qui s'édifiait. Tout, le sac de pommes de terre, le magasin AU PUY, la clinique, les robes, Ada, la machine à téter, l'homme rougeaud que j'avais aimé, les petits couloirs perdus, le trio qui m'avait accueilli, ma belle-fille ingénieur.

– Écoutez, m'a-t-il dit au bout d'un moment.

– Quoi ?

Mon cœur battait, je me sentais fausse, maladroite, j'avais l'impression d'avoir raconté un tissu de mensonges, et pourtant mon cœur palpitait à nu au milieu de tout cela, oh il me fallait plus qu'un ami en cet instant.

– Cela arrive.

– Quoi ?

– Ces choses, dans un contexte ou un autre.

– Mais qu'est-ce qui se passe alors, Roger ?

Le nom m'était venu d'un seul coup. Était-ce le bon ? Il n'avait pas bronché.

– Je crois que vous me faites marcher, dit-il soudain, malicieusement, en me regardant.

À la lueur qui s'est allumée dans ses yeux, j'ai compris que j'étais une personne qui aimait jouer des tours. Peut-être était-ce bien ainsi, oui très bien, cela ne pouvait être mieux. J'avais beaucoup de chance. Il fallait laisser aller les choses maintenant, après on verrait.

– Cette tarte, ai-je dit, ce n'était pas une blague. J'en prendrais bien une.

Mais le garçon a dit qu'il n'y en avait pas dans ce bar. Il avait des cakes sous Cellophane. Pour les pâtisseries, on allait en général à côté, à la pâtisserie justement, et c'était à cause d'elle, parce qu'elle était juste à côté qu'ils ne faisaient pas de tarte. Donc ils avaient un accord avec le pâtissier, et lorsqu'un client insistait pour avoir des gâteaux, ils passaient un coup de fil et envoyaient vite un garçon, qui trouvait un assortiment déjà prêt, joliment arrangé sur un plateau d'argent et protégé par une cloche de cristal.

Ce discours m'enchantait. J'aurais voulu qu'il dure longtemps, longtemps. Les jalousies, les arrangements, l'astuce des hommes, quelle merveille !

– Alors vous en voulez une ? disait le garçon.

Non, je ne voulais plus de tarte, le discours m'avait nourrie en quelque sorte, et puis Roger devait partir, il avait un rendez-vous au sujet de la traduction qui s'avérait difficile.

– Mais venez me voir au bureau d'ici une heure, une heure et demie. Si vous voulez...

Si je le voulais ! Je l'aurais suivi tout de suite si cela avait été possible, comme son chien que j'enviais maintenant, qui sortait majestueusement à côté de lui, mais ce n'était pas possible, pas là, en plein milieu de ce bar où tout le monde devait le connaître.

J'avais perdu tous mes interlocuteurs. Puis par un subit retournement, la terreur m'a prise que quelqu'un ne vienne me parler. Jusque-là, mes conversations s'étaient faites comme par enchantement, mais on pouvait trébucher, horriblement trébucher.

Je voyais une corde de mots tendue, pas très haut mais enfin, et le promeneur avançant les yeux fermés, comme en rêve, puis soudain il ouvrait les yeux, et alors son pied ne trouvait plus le mot suivant, ou des mots appartenant à d'autres cordes, dans d'autres voltiges, il perdait l'équilibre, tombait. Et lorsqu'il touchait terre, c'était un embrassement trop brutal, il s'en trouvait sonné.

Et cela, dans quel contexte était-ce ?

Le garçon me parlait.

– Il va sûrement vous mettre dans un de ses romans, disait-il, alors n'ayez pas l'air si abattu !

– Qui ?

– Mais le monsieur qui vient de sortir. Ils font tous ça, ici. Ils invitent les gens à prendre un verre, les regardent, les font parler, et après paf, ils les fourrent dans leur roman.

– Vous aussi ?

– Parfaitement.

Le garçon était ravi.

– Et ça vous plaît, d'être un personnage de fiction ?

– J'en suis fier, mademoiselle.

L'explication du garçon m'avait fait du bien.

Je ne savais si elle était bonne pour moi, ou éventuellement mauvaise, mais elle m'avait placée sur une autre trajectoire, je me sentais capable de bouger.

Je suis sortie et je suis descendue dans le métro pour attendre. J'attendais le moment d'aller voir Roger, de son bureau je pourrais appeler mes proches, réorganiser les choses. Pour l'instant, je n'avais pas la force de me les remémorer, ces proches, mais je savais que j'en avais, ils étaient sur le bord de ma mémoire, j'aurais pu les retrouver d'un coup si je ne me concentrais si fort sur autre chose.

Mais sur quoi me concentrais-je ? Sur ce bar où venaient des écrivains, sur cet homme qui m'avait parlé de livres, sur cette rencontre, sur ce que j'y avais appris de moi. Tout était en train de s'effacer.

D'un métro à l'autre, cette vie-là venait de me
filer entre les doigts.

9.

J'étais sur le quai, une rame arrivait.

Je me suis dit « il y a des gens qui se jettent sur
les rails », mais ce n'était que pour me faire la
conversation.

Le siège me retenait par une pression amicale et
puissante. J'aimais énormément ces nouveaux
sièges du métro, aux couleurs vives, jaune, violet,
orange. Ceux qui quittaient de tels sièges pour se
jeter sur les rails, non, ce n'était pas moi.

J'ai regardé les gens défiler. Cela faisait du bien.
Finalement eux non plus n'avaient pas l'air de très
bien savoir ce qu'ils faisaient. Même ceux qui
avaient un pas décidé. Je me suis laissé faire par ce
flot, regardant sans penser, sans chercher à me
souvenir, à choisir une vie, à fuir une vie, et dans
ce moment de grand abandon, justement je me
suis souvenue d'une chose.

Je me suis souvenue être une personne qui prenait des notes, sur tout et n'importe quoi, mais
rarement un jour sans. Si j'étais qui j'étais, il devait
y avoir dans mes poches un certain nombre de ces
petites notes.

Pas de poches.

Ah, mais j'étais une femme, cela me revenait sur l'instant, j'ai touché mon soutien-gorge, il était curieusement capitonné, c'était donc là que j'avais fourré mes petites notes.

Oh comme j'aimais mes mains alors, qui avaient continué leur petit labeur ordinaire, sans se soucier de mes errements, comme j'aimais ce soutien-gorge qui avait assuré sa fonction modeste à travers tous les tourments, j'aurais aimé pouvoir les gratifier d'une décoration, là, immédiatement, avec haut-parleurs, devant la foule.

« Madame la Main Gauche, madame la Main Droite, monsieur le Soutien-gorge, ici même devant la foule du métropolitain, j'ai l'honneur de vous attribuer la médaille du labeur ordinaire et modeste... »

Je comprenais soudain intimement le garçon du bar, les comédiens, les politiciens, c'était agréable de parler fort, de faire des discours, de donner des médailles. Je comprenais les gens de radio, les romanciers. Toutes ces vies qui faisaient signe de tous les côtés, tant de possibilités ! Je comprenais aussi les gens ordinaires, les passants.

– La pauvre... Vous l'avez vue celle-là... Ne regarde pas, mon chéri...

10.

Je suis sortie du métro, ouf enfin sortie du métro, j'étais pressée maintenant, je voulais faire ce qu'il y avait à faire et le faire vite, la vie est si courte.

Taxi, oui, où, à l'hôtel, quel hôtel ? « Oui, quel hôtel ? » « Le Hilton ». Il y a partout des Hilton. Je me suis fait monter un plateau, le plateau était beau, ouvragé à l'orientale, le serveur aussi était beau. Ses yeux veloutés exprimaient un ardent désir de parler. Il allait travailler encore un peu à l'hôtel, puis dès qu'il aurait assez d'argent, il irait en Europe. Faire des études, disait-il. « En Europe », ai-je répété, vaguement surprise. Il m'a répondu par un sourire qui s'ouvrait comme une fleur blanche sur sa peau presque noire. Lorsqu'il est parti, je pensais encore à ce sourire.

« Attention, me suis-je dit. Pas de roman. Le plus urgent, penser à l'argent. »

Je suis allée penser dans le bain. Comme toujours dans ces hôtels, il y avait un petit sachet de gel moussant. J'ai ouvert le petit sachet sans regarder l'image qui le décorait. Mon corps était heureux dans la baignoire. Il ne m'avait pas lâchée, lui, et maintenant il recevait sa juste récompense. Il m'envoyait télégramme sur télégramme de contentement. Le repas lui avait plu, le bain, le sourire du serveur, tout lui plaisait.

Je me suis séchée, j'étais en position de force.

Je savais que, dans quelques instants, je lirais tranquillement mes petites notes, je ferais un tri, remettrais les épisodes en place, retrouverais un ordre, et s'il n'y en avait pas, délibérément, impitoyablement, j'en mettrais un.

Mais avant, une cigarette.

J'ai pris sur le plateau une petite cartouche d'allumettes marquée au nom de l'hôtel. « Hilton », oui. Hilton ? Quelque chose n'allait pas.

Je me suis levée brusquement, suis allée aux grands rideaux, les ai tirés.

Une nappe de nuit immense s'étendait à mes pieds, semée de lumières. Un chant ininterrompu s'en élevait, discordant et envoûtant, troublant, familier pourtant et soudain je l'ai reconnu. C'étaient des klaxons, rapides, isolés (il y a peu de voitures ici) mais se répondant, se rejoignant, comme un tourbillon de grelots aux pieds d'une danseuse, comme si la ville était une danseuse au ventre sombre, et qui dansait sur place dans ses parures étincelantes et ses breloques tintantes. Le vent remuait les palmiers sur la corniche. Une voile glissait sur le fleuve, le fleuve immense, obscur, coulé comme un serpent entre les rives. Et juste en face, scintillante de lumières rouges, dentelée, élancée comme un minaret : la grande tour de la ville.

Mon cœur battait violemment. Oui, c'était bien le Hilton, mais le Nile Hilton, devant moi il y avait le Nil, sur le Nil une felouque, en face la tour du Caire, j'étais au pays des pyramides et des grandes nécropoles.

Et comme les muezzins ici, cinq fois par jour, lancent leur appel vers Allah, moi aussi j'ai lancé ma prière. Je ne savais où elle allait, ni ce qu'elle disait, mais mon cœur s'était calmé, l'étreinte de mes mains s'est desserrée, j'ai senti le frisson du vent. Ma robe était légère, je ne l'avais pas encore portée cette robe d'ailleurs, j'avais dû l'acheter pour ce voyage en pays chaud.

Oui, oui, je l'avais achetée dans un magasin qui s'appelait AU PUY.

En quittant le balcon, en poussant le panneau vitré, en tirant dans l'autre sens les lourds rideaux opaques, je m'encourageais, m'encourageais aussi fort que je le pouvais. Une chose d'abord : si j'étais là, c'était sûrement que moi ou ceux dont j'apercevais les valises, alignées contre le mur, en avions les moyens.

Alors de nouveau j'ai fait ma prière. Grossièrement et rapidement traduite maintenant, et réduite à quelques mots, ce serait « du calme, Nadia, du calme ».

Impossible de mettre de l'ordre dans mes notes tout de suite. Mais ce n'était que partie remise. À tête reposée, délibérément, sauvagement s'il le fallait, je le mettrais cet ordre, et j'y mettrais toute ma foi.

Mais pour l'instant il fallait faire face. On frappait.

– Entrez, entrez...

Oui, cela irait, et après, délibérément, impitoyablement, sauvagement...

Le mariage de Nadia

1. *Les gardiens*

J'attrape la corde et je grimpe, je grimpe.

Lorsque j'émerge, ma première tâche est de m'ébrouer. Je me secoue, passe une main rapide sur mes vêtements. J'ai encore la hantise de la terre, et des déchirures.

Les gardiens sont toujours là, dressés à la surface contre les supports qui marquent leur place. Déjà je regrette mes gestes trop violents. L'air est un conducteur si déformant, chaque jour au sortir de la cheminée, je l'oublie, et c'est un tumulte qui arrive avec moi sur leur sol ciré.

Ils regardent maintenant. Leur cou est sec et lorsqu'ils le relèvent, on entend un grincement maigre, presque insupportable. L'air conduit les bruits de cette façon et ne fait grâce d'aucun, comme il ne fait grâce d'aucun mouvement.

À la surface, tout se voit et s'entend, mais de cette façon si grêle et si précise.

– Ces traces que tu fais ! dit l'un des gardiens.
Ma tête va éclater.

Sa voix est plaintive et retombe après chaque
mot. L'air toujours, qui demande tant d'efforts,
tant de paroles. Mais il ne veut pas entendre raison. Il se persuade qu'il ne parle pas assez fort ou,
le plus souvent, que je ne l'écoute pas.

Puis il ajoute « si tu étais avec nous, ici... », et je
suis prête alors à oublier le trou, la corde, à sauter
le remblai et rester avec eux toujours, piquée à
l'air entre leurs supports, contre un support moi
aussi, mais voilà un autre gardien qui parle.

– Nous t'avons appelée, dit-il, il y a longtemps
que la lumière est sous la porte... mais bien sûr tu
ne peux rien entendre, ajoute-t-il la voix raidie de
reproche.

Mon cœur se met à battre, je regarde vers la
porte de sortie, la lumière est déjà là, trait d'acier
éclatant sur le sol, rayure impertinente, nar-
guante. Je me retourne vers eux, je me mets à
crier :

– Pourquoi n'avez-vous pas tapé du pied, pourquoi n'avez-vous pas jeté un caillou ? Vous auriez
pu venir au bord, vous auriez pu secouer la...

Les deux gardiens s'emplissent d'air. Ils parlent
tous les deux à la fois, dressés, gonflés.

– Tu n'as qu'à rester avec nous, tu n'as qu'à rester à la surface comme nous, au lieu de, au lieu
de...

L'air sort d'eux en sifflant, comme d'outres

pressées. Ce bruit me transperce les nerfs, tous mes membres sautent à la fois. Sous la porte, le trait de lumière réverbère, comme une barre chauffée à blanc. Je crie :

— Et vous, pourquoi ne descendez-vous pas avec moi, vous voyez bien que vous séchez à l'air, vous êtes déjà tout secs, votre voix ne passe pas le remblai, comment voulez-vous que je vous entende ?

Mes gestes s'emballent. Le premier gardien ferme les yeux, son corps se resserre un peu plus contre son support, on dirait un poisson moribond pris dans un filet tournoyant. Mais comment m'empêcher de gesticuler ?

À la surface, l'air ne retient pas les corps, les membres fuient vers leurs extrémités, les traits sur le visage se sauvent chacun de leur côté, deviennent d'étranges petites bêtes difformes et affolées. À l'air, rien pour les retenir ensemble, et tout se voit dans les plus fatigants, les plus inutiles détails. Le bras se soulève pour la plus légère des dénégations, à peine une ondulation, mais voilà que c'est un arc qui se détend, un fouet qui s'en va claquer, un reptile qui darde, c'est un jaillissement de segments articulés qui ne peuvent plus être rappelés. Toutes ces choses ont lieu à la surface, et à cause d'elles je tangue dans la salle.

La surface, je n'y suis pas encore habituée, et la lumière sous la porte trace une barre qui vibre entre mes tempes.

Cependant le calme revient, ils retombent

contre leurs supports. Dans l'aveuglement que
cause la barre de lumière, je les vois moins : deux
taches pâles vers le fond, de la même couleur que
les murs, que le reste de la porte, que l'air entre le
sol et le plafond.

Ils sont trois, je crois, peut-être plus, leur
nombre change, leur virulence aussi, mais ils ne
quittent jamais la surface.

Je vais jusqu'à la porte.

Les gonds ont l'air près de lâcher, comme des os
sur un corps effrité, les montants semblent vacil-
ler, je redoute qu'ils ne se démettent et, tout en
tirant sur la porte, je les soutiens, de peur que la
façade ne se défasse.

Ce sont les constructions de l'air, soumises aux
intempéries, sans appui. Les gestes doivent y être
faits avec attention, et il faut les faire tous si on
veut éviter une catastrophe, et il y a des séries de
gestes à n'en plus finir. Les gardiens ont passé leur
vie à ces gestes, c'est pour cela qu'ils sont ainsi,
chevrotants et collés à leur support.

La porte s'est ouverte en bon ordre, j'ai réussi
ma sortie.

À cet instant, une voix parvient de derrière.
L'un des gardiens s'est redressé, il pointe le doigt
du côté du remblai :

– Qu'est-ce que c'est que ça ? dit-il. Tu ne peux
pas laisser ça là, regarde !

Inutile de regarder, je sais très bien de quoi il
parle...

La corde dépasse.

Je n'ai pas trouvé moyen qu'elle disparaisse totalement à la vue.

Au début, je la sortais tout à fait et la roulais simplement sur elle-même dans un coin. Oui, il me semble me rappeler cette époque insouciante, mais ce n'est sûrement qu'une illusion. Comment en effet aurais-je pu empêcher qu'elle ne ressorte terriblement sur ce sol désert, où il n'y a que les formes dressées des supports et celles des gardiens accrochés à eux, où toute présence doit avoir un contour et se distinguer ?

Sans compter qu'elle n'a cessé de s'allonger bien sûr, que le tas aurait été de plus en plus saillant, à crever les yeux. Souvenir impossible. Quoi qu'il en soit, je ne la sors plus, je la laisse pendre dans la cheminée, et ainsi sur sa plus grande longueur, elle ne se voit pas.

Il ne reste que l'inévitable bout, cette petite longueur de sécurité qui rebique toujours un peu, même si on l'aplatit au mieux, et je répugne à l'aplatir.

Oui, je répugne à l'aplatir.

Pas de réponse au gardien courroucé. Je me contente de retourner au remblai, pratique quelques tapotements, fais semblant, cela suffit pour aujourd'hui. Ils s'affairent entre leurs supports, balayant sans rien dire la terre qui aurait pu tomber de moi.

Je sors, je suis dehors.

Nadia est dehors et les murs ne se sont pas affaissés. Murs et porte se tiennent solidement, semble-t-il. La façade est plantée là, étroite et raide. La rue est remplie des mêmes façades au port droit, à la fois serrées et séparées, avec leurs détails en parade, chacune les siens, comme une progéniture pour photo, et tous ces détails crient muettement dans la rue, aigrement et auto-ritairement.

La lumière brutale du matin sabre à grands coups, découpe, jette dans l'air des copeaux de paysage, et il faut que les yeux, les délicates et lucides prunelles, les tendres miroirs, reçoivent de plein fouet toute cette volée, encaissent.

Le corps chavire entre la multitude des parois, trop lointaines et acérées, dans l'air qui ne soutient pas. Puis petit à petit une concentration s'ébauche, un poids se condense dans les jambes, le corps avance encore un peu et il semble qu'il titube moins. Une force monte du sol, vient don-ner un rythme. Je marche, je sens la terre, la douce gravitation.

Un désastre hérissé s'éloigne. J'ai grimpé, j'ai traversé la salle des gardiens et marché à la sur-face. J'ai mené la foule incohérente de tout un corps à travers l'air vertigineux, et maintenant une sorte d'enthousiasme me vient. « Je me débrouille, me dis-je, ce paysage pourra peut-être être le mien. »

Le premier boulot n'est pas une mince affaire pour Nadia.

2. *Les collègues*

J'attrape la corde et je grimpe, cela commence toujours de cette façon.

On pourrait penser qu'une corde à nœuds serait plus maniable, mais il se trouve que la mienne n'en a pas. D'ailleurs ces souvenirs des anciens cours d'éducation physique, ainsi que les discussions qui se font volontiers sur ce sujet entre les collègues et les passionnent au point de les faire parler pendant des heures, eux si taciturnes pourtant, si extraordinairement taciturnes, ne me semblent pas avoir beaucoup de rapport avec ce qui se passe chaque jour dans ma cheminée de passage.

Je me suis obstinée à en poursuivre le rapport, je me suis torturée véritablement à essayer d'en faire coïncider les deux parties, m'obligeant d'abord à me mêler à la conversation des collègues et apporter les arguments et observations issus de ma cheminée de passage, et ensuite cherchant à toute force à appliquer dans cette même cheminée de passage les arguments et observations sportifs de mes collègues.

Seul résultat : dans la salle des collègues, les souvenirs de ma corde devenaient à la fois emphatiques et inconsistants, donc inutilisables, et dans ma cheminée de passage leurs souvenirs de gymnase se révélaient irrémédiablement impraticables.

Je suis passée par tous ces scrupules. Aujourd'hui, je ne fais plus attention à de telles choses. Corde lisse ou corde à nœuds, excusez de la brutalité, je grimpe, un point c'est tout.

Reste le problème du retard. Je voudrais ne pas être en retard.

À chaque station dans le fond, je me dis donc que je vais attraper la corde beaucoup plus tôt, me donner une grande marge de sécurité en quelque sorte, et qu'ainsi je pourrai grimper soigneusement, sans écorcher quoi que ce soit, je pourrai sortir comme on sort d'une baignoire, et traverser la salle des gardiens à pas mesurés comme dans un musée, et ouvrir et refermer la porte au rythme normal des portes, et une fois dans la rue toute la suite à l'avenant.

Voilà ce qui me plairait en ce moment, ce qui fait l'objet de mes pensées et de mes efforts.

Ah ne plus passer ses nuits comme un oiseau malade, suspendue à la corde ou échouée au fond, émerger sans tumulte sur le sol ciré des gardiens, être une apparition tranquille, un lever de lune, un glissement d'aurore, et traverser leur salle, assurée, paisible, leur égale enfin, et l'égale de tout ce qui se présentera.

« Est-ce une ambition si grande pour Nadia, me dis-je, est-ce même une ambition ? »

Il me semble que les collègues, que les gardiens en demandent bien davantage. Aussi ne dirais-je pas que si j'avais ce minimum auquel j'aspire, mon ambition ne changerait pas d'objet, ne sauterait pas comme un chamois d'une pierre à l'autre sur des buts qui pour l'instant ne se laissent pas imaginer. Ne sauterait pas tout à fait d'un autre côté, comme un chamois d'un versant à un autre. Je suis devenue prudente sur ces choses. C'est pourquoi je m'en tiens à ce qui est le plus proche.

Hors la corde, vaste et confuse nébuleuse, Nadia n'y risquera pas une phrase, pas une parole.

Il est bien certain qu'à cause de cette corde, les choses ne me sont pas faciles et que mes discours paraissent compliqués, mais sans elle, la situation deviendrait franchement intenable.

La seule chose que je peux affirmer pour l'instant, c'est que me contenterait ce que je viens de décrire : être aussi normalement en surface que s'il n'y avait pas la corde à grimper.

Tout en ayant la corde, bien entendu. Là-dessus, pas de discussion.

3. *Les rayons-scies*

Dès que la lueur paraît, mon cœur s'agite, mes paupières tressautent, je ne saurais rester une seconde de plus au fond de la cheminée, sous la frange familière.

Seulement est-ce la bonne lueur, celle qui à la surface découpe le paysage et installe la salle où m'attendent les collègues ?

Pour moi, qu'il y ait hésitation suffit. Il se peut qu'il y ait une lueur, c'est peut-être la lueur, donc je bondis et empoigne la corde. D'où bien sûr mille irruptions au-dehors en pleine nuit. Sous la vaste et vide clarté de la lune. Dans le froid clair des étoiles. Cela n'est rien.

Ce qui fait mon souci, c'est la vraie lueur.

Si vite que j'agrippe la petite frange serviable, si vite que je me démène le long de la corde et par-dessus le remblai et au travers des gardiens, lorsque j'arrive à la porte de sortie, le jour a déjà fait son œuvre.

Les façades sont toutes là, découpées à grandes lignes verticales et horizontales. Les visages des passants percutent la vue, énormes, taillés dans le vif. Les rayons-scies, les rayons-requins sont passés partout à la surface et, sur le plus petit espace, des multitudes de minuscules rayons se sont acharnés, piranhas de la lumière, avides et minutieux. Ils ont cisaillé menu, fouillé le poreux, détaché le grenu. Ils grouillent partout, invisibles sous l'enchevêtrement de traits qu'ils ont détachés.

L'air est déjà tout tailladé, et il n'y a plus qu'à se jeter là-dedans comme on se jette du haut d'un plongeoir dans une eau tout encombrée des traces sombres des baigneurs.

Or ce que je voudrais, moi, c'est entrer doucement, lorsque les façades ne sont que reflets voyants, buées fuyantes, et les passants furtives ondulations dans les fonds transparents, et les rues aspirations et expirations, souffles, halliers secrets du vent.

Cela se passerait mieux pour moi ainsi, j'en suis sûre. Ce serait comme pénétrer doucement dans une piscine à l'aube lorsque son eau lisse et pâle est semblable à toute la mer.

4. *Une biche*

Piscine, mer, Nadia a connu tout cela, chamois et biches à la montagne et requins à l'aquarium, oui Nadia a vu toutes ces choses, et des piranhas même, au cinéma, je pourrais en parler aussi, je vais en parler d'ailleurs, une seule fois, pour qu'on me croie.

Imaginez un soir sombre, l'hôtel tout craquant du bruit des skis qu'on déchausse, le restaurant se remplissant des skieurs affamés. Avant de servir, Nadia est montée dans la lingerie tout en haut, s'est étendue un instant. Elle n'a pas allumé, par la fenêtre obscure on voit la forêt. Les skieurs ne viennent pas de ce côté, tout y est noir et désert. Soudain la lune est apparue et dans le même instant la neige s'est mise à tomber. Elle tombe à grands flocons à travers les arbres argentés, dans le silence, dans cette lumière d'un autre monde. Nadia s'approche de la fenêtre, colle son visage, et là, à quelques mètres, il y a une biche, toute seule sur la neige, immobile. Ses grands yeux liquides sont tournés vers la fenêtre obscure. Nadia n'est pas avec les skieurs, elle est avec la biche, elle pleure. Alors la biche s'enfuit.

Et la mer, la mer aussi. Elle est là, la future demoiselle à la corde, sur une plage étincelante, à la pointe de l'île, au milieu des dériveurs rangés au bord des friselis. L'un après l'autre, ils s'engagent sur l'eau, les voiles montent, les poussent vers le large. Il manque un moniteur pour le dernier voilier. Alors on la désigne, elle, la dernière qui reste. Et tout le splendide paysage aussitôt s'est mis à grimacer. Elle connaît peu la voile, Nadia, et il y a des passagers. Le vent s'est levé, les dériveurs au loin l'un après l'autre se renversent dans les vagues. La tempête souffle. Le bateau de Nadia atteint un rocher, attend les secours. Les secours sont longs à venir, il y a des noyés là-bas autour des autres bateaux, le club n'avait qu'un très petit canot à moteur, n'avait pas voulu en acheter un plus puissant.

Voilà pour les choses que connaît Nadia. N'y revenons pas.

Les choses et les gens tournent dans la grande nébuleuse et parfois se rapprochent, je suis capable de regarder tout cela, qu'il me suffise de le dire, et parfois je voudrais bien lâcher la corde et me laisser retomber en plein milieu, plaf Nadia, advienne que pourra, et qu'ils me dévorent toute vive une fois encore, que les milliards éclatés de ce corps s'en aillent tourner aussi dans le gigantesque panache sans tête ni queue, Nadia stop.

La vie quotidienne, voilà la difficulté.

5. *Une vie de bâton de chaise*

Je trébuche par-dessus le remblai, je traverse la salle en bousculade, je pousse la porte, le jour m'éclate à la figure comme une grenade.

J'arrive à la salle des collègues, oh pas en retard vraiment, mais tout époumonée. Eux, au début, trouvaient cela plutôt drôle. « Encore mal réveillée », plaisantaient-ils. Et j'avais trouvé une réponse qui me semblait très rusée, qui faisait rire

de façon générale et n'exposait en rien ma situation particulière. « Oui, disais-je, il est toujours difficile de refaire surface ! »

Je m'en suis sortie de cette façon un bon
moment. Il y a eu ce temps où je savais utiliser le
langage à mon avantage. Après, cela n'a plus été
aussi simple. Mais il y a toujours des avant et des
après, en séries à n'en plus finir, et lesquels choisir, dans lesquels s'installer, même maintenant je
ne sais où trancher.

S'en tenir à la corde, tant pis, et grimper, grimper.

Cette lumière qui éclate à la figure, qui met en
charpie les ombres fragiles qui bougent encore
dans la tête ! Le jour d'en haut n'est pas le jour
d'en bas. Le jour de la surface est d'une incroyable
brutalité. Comment sont-ils, ces êtres, qui
résistent aux requins-scies, aux rayons-requins,
qui se meuvent parmi eux avec tant de naturel,
sont-ils eux-mêmes bardés de scies, sont-ils eux-
mêmes des requins ?

Nadia ne doit pas penser cela, Nadia doit penser
qu'ils sont ses semblables, mieux, qu'elle est leur
semblable.

Bien, mais si vive que je sois aux premiers
reflets qui se posent sur la corde, je ne serai pas
dehors dans les temps, largement et pleinement
« dans les temps », comme on dit. Ces temps font
mon souci, ils sont le couloir royal dont je n'ai pas
encore trouvé l'entrée.

Dans ces conditions, je sais bien ce qui m'attend : un réveille-matin bien sûr, une de ces magnifiques petites mécaniques, électrique, électronique, à quartz, je ne suis pas sans les connaître, mais il n'en est encore pas venu jusqu'à moi, et je n'irai pas non plus les chercher. Là-dessus ma passivité est inébranlable. Peut-être cependant en roulera-t-il une un jour par-dessus le remblai, je saurai que les temps ont changé, que l'heure a tourné, et à ce moment alors il sera bien temps d'aviser.

De toute façon, si j'arrive mal, il n'en reste pas moins que j'arrive, ce qui pourrait sembler l'essentiel.

Époumonements et variantes diverses, c'est moi qui les souffre et personne d'autre. J'en suis quitte à me passer des petits bavardages, des moments de pause ou de préparation qui rendent la tâche plus douce et routinière.

Il me faut rassembler mes forces par un effort brutal et improviser comme la flèche. Pas de lancée tranquillement préparée, rien qu'un élan déchirant, un brusque arrachement. Dans la violence de l'effort je me surpasse, c'est cela, je dépasse une limite évidente à tous et éternellement insaisissable à mes propres yeux. J'en suis quitte à faire mieux, tout simplement.

Or, pour les collègues, il semble justement que ce ne soit pas l'essentiel. Il semble que l'essentiel soit d'arriver, certes, mais d'arriver d'une certaine

façon. Et maintenant les plaisanteries qui
m'accueillent ne sont plus si légères. Le bruit
court que je mène une vie de bâton de chaise et
que là se trouverait la cause de mes prétendus
retards et époumonements.

Comment une telle rumeur peut-elle se propa-
ger ? Pas un collègue n'a franchi le remblai, n'a
même deviné la cheminée qui se trouve derrière.
Ils n'ont fait que de brèves incursions dans la salle
des gardiens, pour affaires en général, et qui ne
pourraient donner lieu à la moindre ambiguïté, les
gardiens sachant très bien faire front à ce genre
d'événements, ces événements étant justement
leur spécialité en quelque sorte.

Ces bruits crépitent à la surface sous mes pas, ils
me suivent jusque dans ma cheminée de passage et
tombent comme un floconnement qui m'obs-
curcit la tête. Il se peut que j'attache trop d'impor-
tance à cette rumeur, mais elle est à la surface, où
il me faut aller, où sont les collègues parmi lesquels je vis.

Peut-être éloignera-t-elle de moi les visiteurs,
peut-être m'empêchera-t-elle de me marier.

6. *Des collègues doux et pensifs*

Tous les collègues sont-ils semblables ?
Y a-t-il quelque part sur cette surface d'autres

types de collègues, des collègues qui ne jetteraient pas, de ce ton qui m'inquiète, les mots odieux de « bâton de chaise », des collègues au regard doux et pensif qui, parfois penchant la tête, murmureraient dans un sourire « oui bien sûr, la corde », dans un sourire léger comme une aile de papillon, qui viendrait battre là un instant et s'enfuirait aussitôt.

Parfois j'en ai l'intuition, la conviction si violente que je les vois, ces collègues doux et pensifs. Ils se tiennent derrière ceux qui sont assis dans la grande salle où j'arrive chaque matin, derrière les ombres opaques de ceux qui sont là et qu'il suffirait de déplacer un peu sur le côté pour qu'apparaisse leur gracieuse doublure, et que toute la salle frémisse soudain de sourires comme un envol de papillons.

7. *Les visiteurs*

J'attrape la corde, je grimpe, je grimpe.

Et aussitôt dehors, je me remets à penser aux visiteurs.

Ah ne pas ruminer de mauvaises pensées, ne pas se terrer dans d'âpres défenses ! Que l'accueil soit libre et innocent, qu'en chaque passant (ou gardien ou collègue) puisse se voir un visiteur !

Il suffit de les examiner avec assez d'application, de les réexaminer dans la grâce de cette conviction.

Et c'est ce que je fais, en supputant mes chances, en oubliant de supputer mes chances, en prenant de l'élan, des élans fous d'audace, jusqu'à ce que tous ces traits de visage me paralysent dans leur filet, où je me débats le soir sous la corde comme un poisson moribond moi aussi.

Il faut recommencer.

Tout passant peut être un visiteur. Il suffirait qu'il vienne, non en passant justement, mais en visite. À quoi bon alors les scruter ainsi à n'en plus pouvoir, se faire peur puis s'éblouir, puisque le postulat est le suivant : « tout passant peut être un visiteur », et que rien n'autorise à changer un tel postulat tant que la visite n'a pas eu lieu.

Tout passant peut être un visiteur, Nadia doit s'en tenir à cela.

Je suis de leur côté à eux tous, ils auront toutes leurs chances. Et si cette déclaration n'est qu'emphase et bla-bla-bla, si la seule vérité est à l'envers et qu'un visiteur, nécessairement, ne peut être qu'un passant (ou collègue ou gardien), eh bien tant pis. Je suis prête à tout, je ferai tous les efforts.

Je ne me laisserai pas aller à rêver d'une catégorie spéciale, une catégorie de visiteurs, je ne tomberai pas dans ce rêve tendre et reposant.

8. *La chute*

J'imagine la corde au milieu de ces êtres de la surface.

Je la mets entre leurs mains de futurs visiteurs, je la fais aller et vibrer, et s'enrouler comme elle le fait parfois, et glisser et claquer. Ce pourrait être une magnifique démonstration, ce pourrait être une heure de gloire et d'amour.

Mais voici que petit à petit toutes les situations que j'ai connues reviennent là, se mettent à défiler, et bientôt les plus rares, les presque oubliées, et puis la plus invraisemblable, celle qui n'est pas arrivée.

La brusque rupture à mi-hauteur par exemple, avec ce bruit d'épouvante des bruits jamais entendus encore. Pis encore, la transmutation en un nuage flou et spongieux, un brouillard qui envelopperait mon visiteur comme sous le doigt d'un dieu d'autrefois.

Ah les gardiens ont peut-être raison, trop de lectures disent-ils, trop d'études, cela tourne la tête.

Un brouillard. Comment pourrais-je aider mon visiteur alors, et m'aider moi-même ? Il y a là de quoi trembler, de quoi oublier tout projet de visite, et qu'on ne me dise pas que c'est une éventualité impossible.

Les choses pourrissent et s'en vont en mélasse, ou bien elles sèchent et s'enlèvent en poussières, pourquoi pas ma corde ?

On ne peut parer à tout, on ne peut aller contre les malices des dieux. Peut-être qu'en cet instant où je rêve avec insouciance d'un visiteur, l'humidité accomplit son œuvre, ou la sécheresse, ou les champignons microscopiques, et l'horreur serait que je n'aie plus ma corde.

Oui, tant pis pour l'éventuelle visite, et le visiteur, et les rêves les plus exaltants, à cette extrémité-là, je perds la force de faire semblant. La seule horreur serait que je n'aie plus ma corde et j'en pleure, j'en tremble, je n'aurais plus ma corde, reculez visiteurs, retournez à vos rues, vos salles, retournez à la surface, redevenez ces lointains passants qui passent, passent...

J'attrape ma corde et je grimpe, grimpe.

Voilà ce qui arrive à force de réfléchir, et pourquoi je parlais d'élans forts comme des vents pour balayer toutes ces éventualités qui s'accrochent comme des racines et empêchent d'avancer.

Cette visite, ce n'est pas une simple velléité, une idée comme une autre, c'est une entreprise terrible, d'une témérité folle. Car même en reconsidérant tout cela plus calmement, les difficultés ne diminuent pas.

C'est que moi, j'ai l'habitude de la corde. Mais peut-on demander à des gens qui ne connaissent que le pas à la surface, où un pied suit l'autre et ne manque jamais le sol, peut-on leur demander de se transformer soudain en serpent ondoyant, en singe sauteur ? Comment iraient-ils improviser les sournoises reptations, les détentes fulgurantes, l'abandon glissant ? Et le bond final ?

Devinent-ils seulement comme un ventre peut ramper, comme les bras et les jambes peuvent se faire lianes, le cou antenne, et la tête rien qu'une caverne sombre où filent des échos ?

9. *Un singe*

Un enfant peut-être.

Nadia a connu des enfants aussi.

Allons, encore un souvenir.

Donc imaginez un zoo, ils y sont, l'enfant et Nadia, un grand zoo entre la ville et la mer. Il pleut, la ville est mauvaise, les gens absents, ne restent que les animaux. Mais c'est un jour sans bonté. Les flamants roses tiennent leur plumage serré, les girafes restent dans leur abri, les dauphins ne font pas leur numéro, dans les sentiers mouillés personne. Leur bonne volonté se maintient pourtant, il y a un copain de l'enfant aussi, ils ne font pas un mauvais trio, Nadia, l'enfant et le copain de l'enfant, dans ce zoo froid et rétif.

C'est ce que je me disais, mais la partie adverse

était forte. Sur le visage de l'enfant montait l'ancienne désolation. Elle venait de loin, cette désolation, d'avant sa naissance, d'avant la naissance de ceux qui l'avaient précédé, du désordre affreux des générations. Moi qui n'étais que la baby-sitter, j'aurais donné ma vie pour faire rempart. L'enfant avançait bravement, son visage crispé dans l'effort, j'avais le cœur très serré.

Un singe est apparu. Ah ni pluie ni inquiétude qui vaillent pour celui-ci. Il avait trouvé une corde, tendue entre deux arbres. Il sautait, virevoltait, partait en glissade, se rétablissait, faisait la roue, et hop encore une glissade. Tout seul là-bas, longs bras et pieds agiles, dans le bouquet des arbres, sur la corde. L'enfant est collé contre la grille. Il respire à peine, son visage est émerveillé. Il murmure quelque chose. « Quoi donc ? » « Je voudrais être avec le singe », dit-il. Ou « je voudrais être le singe ».

Oui, un enfant peut-être.

Mais un enfant ne peut être un visiteur et Nadia veut se marier.

10. *La visite*

Quelle catastrophe si la première fois que j'invitais chez moi il y avait un accident.

Il m'est arrivé de tomber. C'est la première prise de main la plus importante, car si on lâche au début, il est très difficile de se rattraper, la vitesse, l'obscurité et l'extraordinaire fuyance de la corde s'ajoutant pour vous faire perdre la tête.

Or n'est-ce pas justement cette chute-là, la fulgurante et sauvage, qui guette un visiteur ? Oserais-je, à peine en la compagnie de mon visiteur, l'abasourdir de conseils, faire des démonstrations et me donner en spectacle comme un professeur ?

Alors qu'au contraire, il faudrait passer légèrement sur cette présence de la corde, faire semblant de rien et amener le visiteur à s'en saisir sans même qu'il s'en rende compte. Comme s'il s'agissait des fameuses cordes à gymnastique des événements sportifs. Mais cela non plus, il ne le faudrait pas, car alors sûrement il se mettrait à en parler avec prolixité, précisions ennuyeuses et phrases empruntées, et cela non. Je n'ai pas passé des années dans un trou au fond d'une cheminée pour en revenir là.

Alors, voici mon visiteur enfin dégagé des gardiens. Le voici devant le remblai. Je l'entretiens pour le distraire, nous voici au-dessus de la corde, je le distrais toujours, il saisit la corde, et descend. Tout bonnement. Et me voilà sauvée, avec un visiteur, plus qu'un visiteur, un ami, un double peut-être.

Ainsi s'emballent les rêves et chantent les illusions.

Il ne saisit rien du tout et tombe d'un coup. Plus de visiteur, plus même d'espoir de visiteur, plus même de collègues dans la salle des collègues, et qu'on en pense ce qu'on voudra, je tiens à ces collègues, même avec leurs pieds qui se suivent si bien et ne manquent jamais le sol.

Mais je n'ai pas tout dit, il faut avoir rencontré les encordonnés pour savoir de quoi je parle, attendez, attendez. Elle en a vu, Nadia, ce n'est pas une évaporée.

11. *Les éraflures*

D'une certaine façon, les éraflures sont plus éprouvantes que la chute.

Car enfin, une chute c'est grave, tout le monde l'admet, il faut aller à l'hôpital, on est soigné, soumis aux dernières grandes découvertes, et placé dans un environnement compréhensif et réconfortant. Les collègues parlent souvent de l'hôpital. J'ai perçu dans leurs propos à ce sujet une étonnante déférence, un amollissement et comme une suspension de jugement. Tant et si bien qu'une idée m'est venue. La solution ne serait-elle pas là, pour moi ?

Une chute, une chute avouée, claironnée, me vaudrait tous les bénéfices dont j'ai parlé, en sus me vaudrait des visites. Et qui sait même si par ce biais, le biais de l'hôpital, je ne pourrais introduire ma corde justement. Une corde qui vous vaut l'hôpital serait peut-être bien vue, sans aller jusque-là serait peut-être aussi bien considérée que les voitures, les trottoirs verglacés, les peaux de banane ou les attaques cérébrales.

Allons, allons Nadia, est-ce cela que tu souhaites ? Traîner ta corde dans la boue des lamentations quotidiennes ?

On envisagerait n'importe quoi, jusqu'où faudra-t-il aller, je me le demande avec angoisse, jusqu'où faudra-t-il aller, par quoi encore en passer ?

Les éraflures.

Je les redoute par-dessus tout. Personne ne va à l'hôpital pour des éraflures, personne n'ose s'en plaindre, et elles durent ! On est obligé de souffrir ces multiples agaceries, infimes chacune en soi pour l'œil extérieur, et qui ne font que sur votre corps une totalité puissante et douloureuse. Il m'est arrivé de souhaiter la chute plutôt que la multitude sournoise des éraflures.

Hélas pour un averti de la corde, tomber n'est pas si facile qu'il y paraît. La corde est à ses mains comme l'air aux poumons. Il faut de plus compter avec l'instinct de conservation qui joue plus vite pour lui que pour les autres. Il a tant l'habitude de l'accident ou de la pensée de l'accident. Il vit en contact continuel et intime avec cette auguste

vision, et si pour les autres l'accident vient toujours par surprise, en scandale, pour l'averti de la
corde, c'est son absence plutôt qui étonne, et si
enfin l'accident se profile, il y est déjà tout pré-
paré.

La force étrange des ventouses se manifeste
merveilleusement en ses membres, il se retrouvera
en bas de la cheminée, entier certes, mais griffé.

Rare la chute, et fréquentes les éraflures, telle
est mon expérience. Mais qui peut affirmer que
cela se passerait ainsi pour un visiteur ? La force
des ventouses est-elle dans leurs pieds insoucieux,
dans leurs bras qu'aucune corde n'a jamais
secoués ?

Non, ce qui arrivera sera plus simple que tout
cela.

Ni l'effet de la distraction, ou de la maladresse,
mais l'effet des mauvais enclenchements, et qu'on
n'y cherche pas de raison, c'est l'aventure la plus
courante dans les rapports humains.

Les deux mains se placent comme il faut, la
corde ne s'en va pas. Nul cataclysme au-dehors,
pas de remous chez la corde, ni de tremblement
chez celui qui la prend, rien. Que deux choses qui
ne vont pas ensemble.

Les mains se posent sans intention précise, la
corde elle ne pense pas à mal, ne pense à rien. Les
mains se posent sans rage ni fanatisme, à la
manière d'une plante follette, et la corde elle aussi
se laisse aller à la manière d'une plante follette, et

c'est la rencontre fatale. Qui fait d'elles autre chose qu'elles-mêmes, qui les transforme en parties inséparables d'un mécanisme féroce.

Dans la cheminée où pendait la corde familière, un drame flambe brutalement. Une forme humaine rétrécit, devient insecte, larve collée à une puissante tige dont elle ne peut se défaire, brûlante, tranchante, qui file vers le ciel, et la larve ne peut la rattraper, coule, dégouline, elle n'est plus que le fil de la tige, la tige aussi n'est plus que ce fil, et les deux ne sont plus que cette déchirure filante dont toutes les parties se sont évaporées, le drame flambe comme une braise et s'éteint aussitôt.

Du sang dégoutte par la frange de la corde et rougit le fond de terre que découvre la pâle lueur glissant d'en haut.

Et que fera Nadia alors de son visiteur ? Et que fera la police de Nadia ? Et que fera la corde du sang et des souvenirs ? Non, de tout cela ne saurait naître un bon mariage.

12. *La corde*

Assez, assez !

Assez de promener ce visiteur dans tous les accidents possibles, quoi maintenant ? Rien.

La corde, monter, descendre. La surface, les gardiens, les collègues, remonter là-haut comme on plonge, se jeter parmi eux, mais l'air qui découpe, les rayons voraces qui cisaillent, les lignes qui se multiplient, les angles qui accrochent, revenir à la corde, courir, sauter le remblai, se jeter dans la cheminée, quoi encore ?

Toute la surface qui tombe en avalanche, gardiens collègues passants qui culbutent, et l'invisible visiteur qui circule comme une oscillation de courbe, comme une accélération de cœur, comme un lancinement à la tempe.

Remonter, descendre, surface, fond, coma confus, mouvement sur la corde, ne pas lâcher prise, quoi là, la corde, serrer fort, cette histoire, quoi maintenant ?

Se calmer, reprendre le fil, la corde oui, les gardiens, les passants, les collègues, déjà raconté. Et puis le visiteur, n'en parlons plus.

Se calmer, continuer, la corde, remblai en haut, cheminée où elle balance, en bas petite frange et rond de terre, rien de si extravagant.

Rond de terre battue, pour y tomber à pieds joints, bien, cela se tient, pour s'y reposer, c'est très avisé, corde, ma corde, dis-moi quoi ? Tire la frange et tu verras.

C'est Nadia, c'est comme ça.

13. *Des margelles ornées de roses*
et de chèvrefeuille

Pourquoi n'aurais-je pas de visiteur ?

Il y a une corde, une bonne corde solide, la cheminée est propre et bien taillée, la salle est comme toutes les salles, la porte s'ouvrira comme elle l'a toujours fait, quant aux gardiens, ils ne bougent presque plus. Ils feront là-bas ces deux ou trois taches claires, un léger sifflement peut-être s'en échappera, le remblai dans le coin fera une tache sombre, et l'ouverture, bah, n'en parlons pas. Un couloir en somme.

Deux ou trois taches claires, une tache sombre, rien que de très ordinaire, y a-t-il de quoi reculer ?

Là-haut à la surface, derrière toutes ces façades qui se dressent sans vergogne et se tiennent au coude à coude, pleines de vantardise et de suffisance, il y a sans doute des choses bien plus étranges, bien plus inquiétantes. Flaques putrides, oubliettes, corruption, recel, abus de biens et de personnes, noirceur et sables mouvants. Passons. Et s'il n'y a derrière toutes ces façades que vide et vent, passons de même. Nadia s'occupera de tout cela plus tard.

Oui, si étrange que cela puisse paraître, Nadia a bien l'intention un jour de s'occuper de ce qui se passe là-haut à la surface, de la guerre qui s'y livre. Nadia a des intentions, mais avant il y a la corde.

Pourquoi n'aurais-je pas de visiteur ?

Il n'y a qu'à dire « Visiteurs, venez ! ». Il n'y a qu'à crier « Visiteurs ! ».

Et ce sera aussitôt fourmillement et grouillement, allées et venues par la cheminée, processions, essaims, plongées et réapparitions, chahut de singe sur la corde, balancement de mouettes, danse de libellules dans le rond clair de l'ouverture, et la taupe, et les boules pelucheuses qui se serrent...

Je saute sur la corde, j'enroule les jambes autour de ses torsades, je la pousse d'un côté et de l'autre, elle bouge et chante comme un espar au vent...

Et qui sait, dans toutes ces salles derrière les façades, peut-être y a-t-il des ouvertures partout, fraîches comme des margelles, ornées de roses et de chèvrefeuille, avec glissades et toboggans, et j'en serai la visiteuse.

Ah tous ces trous autour, ces alvéoles, ces cordes polies qui oscillent doucement dans les conduits, ces méats ouverts sur le sol !

Connaître les cheminées des autres, descendre ici, remonter ailleurs, quel vertige, façades rues passants semés autrement, et refiler par ces couloirs secrets des autres, et apercevoir soudain à un détour, tout en haut, le rond clair d'une ouverture, sertie de marbre de colonnes, de jets d'eau, et la rose et le chèvrefeuille, une autre sortie, une autre surface, jamais terrée, jamais arrêtée ! Toutes ces cordes partout, toujours disponibles !

D'excitation, j'ai fini par sortir hors de la cheminée. Je me promène en sautillant autour du remblai, tirant la corde après moi et donnant de petits coups de temps à autre.

Elle est jeune encore, Nadia, elle a des jeux de petite fille, des rêves de bébé. Il faut lui pardonner.

– Qu'est-ce qui traîne par terre ? crie soudain l'un des gardiens.

Je m'aperçois que j'ai entièrement sorti la corde.

Gardiens, chers gardiens, je continuerais si je le pouvais, je voudrais m'asseoir là sur le remblai, pêcheur de légende, et que la corde soit longue infiniment, et l'amener main après main, comme un filin enchanté, comme si quelque chose devait apparaître, devait surgir à la fin des fins.

Ne sommes-nous pas tous comme ça ? Nous le sommes, nous le sommes. Passons.

– Quoi ? crié-je à la cantonade.

– Il y a quelque chose qui traîne par terre, répète le gardien, la voix en sonnette d'alarme.

Je jette la corde dans le trou et saute à la suite. Puis, la tête à fleur du sol, je crie :

– C'est rangé !

Pas de réponse.

Sauvée.

14. *Transpositions et omissions*

Voici ce qui se passe.

Je voudrais la surface bien sûr, c'est tout l'objet de cette longue affaire, mais je ne veux pas lâcher le fond.

Je veux la surface et le fond ensemble.

Adieu le fond tout seul, le remuement solitaire où on ne distingue plus l'avancée du recul, où le mouvement et l'immobilité se ressemblent, la houle molle des sensations démâtées, n'exister que par continuation, que par un entêtement sans but ni raison, la juxtaposition stupéfiée de l'avant avec l'après, comment n'avais-je pas compris l'épaisse bêtise de la terre !

De dégoût je tombe de la corde et regrimpe aussitôt.

Attendre que le système se stabilise, un petit coup par-ci un petit coup par-là, abracadabra par Allah et Jéhovah, maîtriser la corde, c'est maîtriser les pensées et toutes les choses qui doivent arriver.

La corde tressaute. Trop de choses, trop compliqué, en oublierai la moitié. J'en donne un coup furieux contre la paroi, un claquement résonne à travers la cheminée. Je recommence jusqu'à plein réconfort.

Revenir à son idée.

Imaginons-les tous ici, ceux de la surface, imaginons la moiteur de toutes ces respirations imprégnant la terre, ces milliers de frissonnements courant à travers le sol, cette contagion solide et souple, gagnant par tous les grains de la terre, glissant parfois en cascade menue et pressée le long du cou, en pluie fugace dans le creux du coude, étoiles légères tombant comme neige, embrassant la peau et fondues aussitôt.

En ce cas, moi, je veux bien aller me faire découper et détailler à la surface par les rayons-scies, les rayons-requins, je veux bien m'abandonner toute vive à la lumière crue, et promener le petit tas déchiqueté des traits de mon corps et affronter les autres paquets de traits avec leurs angles aigus et agités, d'accord, et ne faire semblant de rien, et parler de tout ce qu'il faudra, après tout j'en connais long moi aussi, il suffira de quelques transpositions et de beaucoup d'omissions, et si je ne le fais pas d'ordinaire, c'est peut-être par lâcheté, mais en ce cas pourquoi pas, cela change tout.

15. *Quatre, trois, deux, zéro*

Je suis sur la corde, j'y suis depuis des heures, parfois je monte un peu ou redescends à peine, je

n'ose bouger, des crampes me tiennent, mon cœur
est inerte, retiré très loin comme s'il ne m'apparte-
nait plus, et soudain battant à tout rompre comme
s'il voulait fuir.

Tout est silence, les gardiens ne disent rien, je
ne dis rien, pourtant il faut sortir.

Je jaillis sur le sol ciré, mes vêtements sont cou-
verts de glaise, mes cheveux saupoudrés de poussière, je suis verdie par l'humidité et déchirée par
les aspérités. Nadia est un épouvantail.

Les gardiens se précipitent.

« Comment oses-tu ? » crient-ils en chœur.

Moi-même je ne comprends pas comment j'ose.
Les gardiens ne peuvent supporter ces apparitions
répugnantes, je ne peux les supporter. Mon apparence est repoussante, je n'aurai pas de visiteurs, je
ne pourrai pas me marier, et à peine à la surface, je
doute du fond, de la douceur, de l'inexprimable
ampleur de ma vie là-dessous.

Un seul gardien en vue ?

Non, quatre. Mais quatre, n'est-ce pas plus
facile qu'un seul ?

Ils sont occupés les uns avec les autres, ils font
un carré bien fermé là-bas, c'est le moment ou
jamais, il faut foncer, mais ils étaient cinq, mes
géométries s'écroulent. Que faisait celui-là, seul
de côté à errer ? Trop tard, il m'a vue. Le carré se
retourne, fait ligue contre moi.

Parfois ils sont deux, assis de part et d'autre du remblai. J'arrive à mi-hauteur de la corde, aperçois leurs ombres croisées qui obscurcissent le passage, je recule et tombe, ne pas crier, je crie, et soudain là-haut ils pleurent. Je me tais, les pleurs décroissent.

Ils sont trois, là sur un côté, je vais risquer la tangente, mais le triangle s'est déplacé, j'émerge en plein centre, ils s'écroulent sur moi.

Ils ne sont pas là, pas un seul en vue, je saute sur le remblai, hésite un moment, mon cœur devient léger et fort comme une aile, je vole vers la porte de sortie, et voilà que derrière moi s'allonge une traînée noire, une sorte de glu qui colle aux pieds, je reviens en arrière, me jette au sol et frotte, les gardiens sont là, en cercle autour de moi. Leur regard est plus noir que la glu noire au sol.

Je saute comme un kangourou. Je saute comme un moineau. J'essaie de faire le caméléon.

Des tics bizarres me suivent jusque sur le trottoir. Je ne sais plus marcher. Les jambes, sans la corde, vacillent.

Des formations serrées de rayons arrivent du fond de la rue, ils arrivent mâchoires pointées en avant. Des escadrons de rayons guettent dans le ciel, ils tombent en piqué, lacèrent.

J'ai de tout petits membres grêles, un tronçon de corps qui oscille par-dessus, mon visage est haché menu, les traits s'éparpillent sur la peau gondolée. Les passants filent comme des obus devant les yeux, leurs visages sont taillés à coups de serpe, à coups de marteau. Dans la rue, des façades surgissent, comme amenées sur l'instant.

Je ne peux croire à ces façades, à cette rue, à ces gens. Je regarde, incrédule. Et ainsi de suite une fois que les choses se sont enclenchées de cette façon.

16. *Des petits perchoirs*

Les gardiens parlent à la surface. Ils sont assis en rang d'oignons sur le remblai, ils parlent en confidence, comme s'il n'y avait personne.

J'aperçois leur dos rigide, ils ont les mains sur les genoux. Accrochée à quelques pas sous l'ouverture, j'ai une main sur les genoux moi aussi, mais l'autre sur la corde bien sûr. J'écoute.

Leurs arguments me semblent bons, très bons.

Air pur et frais, bonne santé, rue proche, passants à portée, visiteurs aussi. Bien, bien, je suis convaincue.

Les dos se lèvent, s'éloignent, le silence retombe dans la cheminée, je reste sur ma corde pensivement, puis je descends.

Me voici tout en bas, pour la dernière fois sans doute, la tête roule sous la corde, fait la morte.

Or la cheminée est haute et profonde. Loin en haut, l'ouverture dessine un disque large, immobile, une lumière pâle diffuse sur les parois, halo vaporeux qui semble l'émanation d'un vide incommensurable, tel celui qui s'étend jusqu'aux étoiles.

À quelques centimètres, la petite frange bouge dans la pénombre. Elle balance à tout petits remous, son remuement infime prend le cœur, balaie délicatement le tapis fragile des pensées. Quelques brins libérés tendent de petites perches, des pensées se soulèvent, s'y posent. De là, on devine la grâce possible des longs et souples fils, comme ils pourraient se libérer des dures torsades, s'éployer, danser. Les pensées rêvent sur leurs petits perchoirs, s'essaient, se laissent glisser à nouveau jusqu'au sol.

Au sol, sur le rond de terre, la frange va et vient, ralentit, son pinceau effilé dessine un point immobile où se fixe le long rouleau des pensées enfin nivelées.

C'est ainsi que Nadia pense.

17. *Une tente à roulettes*

Les gardiens ont raison, mon système est trop compliqué, je n'ai de temps pour rien d'autre, je suis époumonée, je suis en retard, je mène une vie de bâton de chaise, il faut en rabattre, il faut aller en surface.

Carrément camper dans la rue, voilà ce qu'il faut faire. On ne saurait rêver position plus en vue, les gardiens en resteraient cois. Pas même derrière une façade comme eux, mais une tente dans la rue, ou, encore plus d'audace, directement dans la salle des collègues, une tente à roulettes, alors là au moins Nadia sera à la surface, elle ne la quittera jamais, elle sera comme une aigrette de pissenlit, comme un léger pissenlit volant de lieu en lieu, dans sa tente à roulettes, dans sa tente à ailettes...

Et voilà le danger, encore une fois voilà Nadia dépassant la marque, en faisant trop, de peur de n'en pas faire assez !

Ne pas s'enfoncer, ne pas s'envoler, se maintenir en surface, quelle tâche ardue !

Sûrement eux là-haut, les très sûrs et très arrogants habitants de la surface, s'ils devaient à chaque instant calculer leur position, ils en feraient eux aussi des histoires.

Qu'ils soient une fois les seuls en surface, tandis que toute la foule, la foule tant convoitée des autres grouillerait obscurément dans les tréfonds, que la vie de tous soit celle de la terre, que là-haut leurs pas résonnent dans le silence, que leurs silhouettes se découpent grêlement dans l'air, que chacun de leurs gestes devienne visible et criard,

que des milliers d'yeux émergent alors par les cheminées et les remblais pour les observer, et vous
les verriez soudain trébucher, battre des bras et
choir.

Ils ne sauraient plus se diriger, ils auraient
besoin de béquilles et de youpalas, la vieillesse et
la petite enfance leur tomberaient dessus à
n'importe quel moment, ils ne sauraient plus dans
quel sens vont leurs ans, ils se croiraient trop
jeunes ou trop vieux, je les connais si bien, ils
n'iraient pas chercher plus loin, ils se sentiraient
très malheureux, et soudain pour une même et
obscure raison, très forts et très heureux, ah ils
n'en finiraient pas alors...

Et moi j'irais vers eux, je serais leur visiteuse, je
leur parlerais de l'air si léger là-haut, des feuil-
lages qui bougent, de la lune blanche dans les chemins, des ciels violets, je leur parlerais de la mer
semblable à un tapis de joyaux, des coraux des
façades, des corps qui glissent comme des voiles, je
vanterais les paysages, je parlerais de ceux qui sont
là-haut sur ce grand toit vertigineux, comme il est
beau de voir ces êtres menus, chacun découpé
dans sa forme unique, de les voir porter si bravement leur forme dans l'air vide, déployer si bravement le drapeau infime de leur corps sur l'abîme.

Aux encollés du monde souterrain, je démon-
trerais leur enfoncement, leur répugnante,
gluante promiscuité avec les choses de la terre,
avec la grande confusion de la matière.

Je louangerais la surface, comme aujourd'hui je louange le rond de sol battu, la cheminée et la corde, et ainsi iraient les choses, dans la douceur, pensivement, et non pas dans les crampes et les larmes.

J'attrape la corde, passe pieds par-dessus tête et m'accroche à l'envers.

Dans les bras arrondis, la tête est une boule pleine de liqueur qui balle au gré de ses remous. Puis les bras se détachent, partent en antennes à la recherche des parois, la tête suit, dressée, proue lente d'un étrange véhicule sous-marin. Enfin les bras lâchent, battent mollement comme de grandes algues, heurtent le fond, et tout le corps se replie comme une anémone, s'échoue lentement sur le sol, sur le rond de terre que largement, silencieusement, il recouvre.

18. *Une grande plante guerrière*

Dans la terre, les pensées sont lourdes et lentes. Elles plongent de grosses racines rugueuses, s'étirent à travers le sol, cheminent, bifurquent suivant les détours de ce qui les nourrit, mouvement profond, dormant. J'en suis quelques-unes dans leur trajet tortueux, or quelque chose les happe, les aspire vers le haut.

Je voudrais les rappeler, mais elles filent et pointent à l'air, dans la salle là-haut, entre les murs pâles derrière la façade. Et là aussitôt, elles pénètrent dans les gardiens.

Ils sont affalés sur le sol, à peine encore retenus par leur support, ils ne bougent presque plus. Et les pensées qui ont pénétré en eux aussitôt se fripent, s'assèchent.

À ces pauvres pensées leurrées, il faut désespérément une plante vivace, qui jaillisse du sol sans peur et se pousse jusqu'à la porte et la force de ses bras puissants, que la porte éclate, que les pensées flétries s'affrontent au soleil.

Il faut une grande plante guerrière, nourrie du sol à profusion, mais qui s'en ira batailler avec les rayons-scies, les rayons-requins et leur volera leur force, ne livrant jamais une parcelle du secret obscur de la terre, croissant et s'épanouissant dans la bagarre, et rapportant aux gardiens expirants ce qu'ils n'ont su trouver.

Ils ont besoin d'un médiateur avec les maîtres de l'air, d'un champion dans l'arène aux dures mandibules.

C'est moi, ce ne peut être que moi, les gardiens s'impatientent, ils sont presque poussière.

Je m'arrache à la terre moelleuse, je rappelle de lointains filaments, force des repliements à travers l'épaisseur, je sens leurs corps là-haut qui s'effritent sur la surface aride, ils sont faibles, ils sont ignorants, ils ont besoin de moi.

J'attrape la corde, et grimpe, grimpe.

Arrivée au remblai, risque un œil.

Dans leur grande salle, les gardiens s'activent. Ils ont ouvert portes et fenêtres, et portent des plats en bavardant. Plusieurs d'entre eux – ils sont très nombreux aujourd'hui – passent tout près du remblai. Je me rencogne en hâte, mais non, ils contournent placidement la position, tout à leur ouvrage, continuant à bavarder, comme s'il n'y avait là rien du tout, comme s'ils étaient passés en ligne droite.

Pas un fémur ne s'est cassé, pas un plat n'est tombé.

Les gardiens que chérit Nadia vont bien.

19. *Creuseries*

Et, puisqu'ils vont bien, Nadia creuse.

Le soleil là-haut brame dans le ciel vide, les rayons-scies poursuivent leurs patrouilles dans l'air, et tout se découpe à tout va, mais qu'importe, je suis en bas, je creuse.

Ni scrupule, ni piétinement, je suis libre, je creuse.

20. *Les encordonnés*

Or un jour, par un couloir inconnu, obstrué et profond...

Je m'arrête net. Pas un roc, pas une motte, mais un renflement sous la main, qui semble parler directement à la peau, qui lui donne un ordre brutal et la retient, collée. Impossible de détacher sa main. Comme si elle venait de toucher quelque chose de très étrange et très familier. Ce qu'elle sent sur ce mur perdu, au fond d'embranchements aventureux, c'est une torsade.

Une corde tout comme la mienne, enroulée en cylindre, si étroitement serrée que les torsades ont mordu les unes sur les autres, et sont maintenant soudées comme par un ciment.

Deux anses semblables à des bras sortent sur les côtés, et tout en haut quelque chose qui ressemble à une tête dépasse, sur laquelle la terre finit de s'ébouler.

Arriver si loin et tomber sur cette monstruosité, cette mystification ! Creuser, c'est aller sans corde ni pensée, se livrer à la terre, à ses cheminements lents. Mais ce contact intime, cette promiscuité comme avec soi-même, cet appel aveugle qui s'insinue sous votre peau à la manière d'un parasite ! De révulsion, je réussis à m'arracher.

Une seule idée, fuir. Boucher tout cela, retourner chez moi et ne plus jamais creuser. Mais où sont les issues ? Je tourne sur une place étroite, heurte des parois.

À chaque heurt, un ruissellement fin part du sommet de la chose. Il part du front, des yeux, de la bouche, tout un visage se dégage. Je vois l'effort que font les paupières, les lèvres, papillotements infimes, effroyables. Je cesse mes convulsions, reviens à petits pas.

– N'approche pas, dit le visage, nous sommes cent, deux cents, nous sommes encordonnés.

La voix est émiettée, pulvérisée, elle flotte en l'air à la manière d'une fine poussière, et les sons se joignent après coup, lentement.

Mais à peine les mots se sont-ils constitués à mes oreilles que la tête, comme épuisée par cet effort, se désagrège. Le front part en poudre, entraînant les yeux, les pans des joues. Je crie « souffrez-vous ? », mais il ne reste rien au sommet du tronc, qu'un petit tas qui achève de se défaire. Un chuintement se poursuit, de plus en plus lointain, comme du sable coulant sur la paroi d'un puits très profond.

La corde extérieure ne bouge pas. Elle fait une surface irrégulière et sombre, sur laquelle zigzague un dernier grain de sable, énorme et terrifiant comme un rocher d'avalanche. Puis il s'arrête lui aussi.

Je fixe ce grain de sable, je suis pétrifiée.

Or voici que d'autres renflements apparaissent sur les parois qui semblaient lisses. Comme si ma présence ranimait d'anciens ébranlements, des pans partout se défont, laissant apparaître d'autres blocs de corde.

La peur secoue ma transe, je cours dans ces allées qui se découvrent. Certains des troncs-cordes n'ont plus de tête, d'autres semblent d'encordonnement plus récent, je cours et soudain un bras m'arrête.

Mon cri se répercute à travers les allées, revient sur moi en fracas étouffant, mais le bras me tire à lui. Je suis collée contre un tronc-corde, les torsades desséchées m'entaillent le dos, une odeur douceâtre s'étend.

– Laissez-moi, dis-je, laissez-moi partir. Je suis ici par erreur.

– Tous ceux qui sont venus ici sont venus comme toi, répond la voix derrière. Il y a long-temps que je t'entends creuser, je t'attendais.

À ces paroles insensées, je me retourne, tords le cou pour voir le visage qui parle ainsi.

Au sommet du bloc torsadé, il n'y a qu'une vague ouverture noirâtre. Un cordonnement sans tête. Sans tête mais avec un bras !

La voix d'ailleurs ne résonne pas, elle pénètre comme une odeur. D'horreur mes jambes se dérobent, je plie sur le bras-poulpe, sans lui je tomberais. La voix poursuit, comme si elle passait

directement de ce tentacule à mon corps, comme
si ce tentacule et mon corps étaient devenus deux
parties jumelles.

— Tu t'habitueras.

Il s'arrête un instant, puis reprend :

— Tu es celle que j'attendais, tu es venue sans
corde.

Encore une pause, puis plus bas avec une soudaine passion :

— Je te donnerai ma corde et tu me donneras ta
tête !

Oh mes gardiens, comme je vous appelle,
comme je vous regrette, et toutes mes vieilles et
honnêtes peurs ! Les reproches, les retards, les
rumeurs, les chutes, ces peurs-là ne sont jamais
venues se plaquer contre moi, n'ont jamais tenté
de m'étreindre avec un tentacule, et il y avait ma
corde pour fuir.

Mais cette chose, un être tout entier qui vient se
mêler à vous, comme un doigt invisible qui viendrait toucher la pointe charnue du cœur, ou le
bord rouge du foie, ou l'intérieur d'une veine profonde, pour s'y glisser, s'y installer !

Je crie pêle-mêle « comment mangerai-je, comment dormirai-je, il me faut de l'air, il me faut la
surface », les arguments des gardiens reviennent
par séquence entière, sortent tout crus de ma
bouche, tous ceux que j'ai entendus cent fois,
cachée sous le remblai, croyant ne pas entendre,
croyant ne pas écouter.

Le bras-poulpe ne bouge pas. Il m'enserre dans un étau impitoyable.

Au bout d'un moment, la voix se manifeste encore :

– Ma tête s'enfonce, bientôt elle coulera comme du sable. Je sens l'effritement qui commence. Reste avec moi.

Puis plus tard :

– Que ferais-tu seule ici sans corde ? Tu périrais comme une larve. Je t'offre le sanctuaire de la mienne.

Les paroles sans voix continuent longtemps de flotter dans l'air autour, elles n'ont plus de sens, elles engourdissent, endorment.

Nadia va mourir.

21. *Sale fille*

Un frottement dans la profondeur d'une allée me ressuscite. En alerte, je scrute les lignes de renflement.

Un tronc-corde bouge, avance véritablement. Il a encore ses pieds, il marche à tout petits pas, entravé par son armure de cordage. Quelque chose dans les lignes supérieures me fait penser qu'il est jeune, l'effilement sans doute qui témoigne d'un cou et manifeste que la tête ne s'est pas encore enfoncée.

Visiteur, visiteur, serait-ce toi ?

Était-elle ici cachée, l'ineffable catégorie des
visiteurs, était-ce là dans ces couloirs éboulés qu'il
fallait la chercher ?

Tout en celui-ci me bouleverse. Il a su garder sa
tête, a lutté pour ses pieds, et rien de sournois, ni
de médiocre dans sa démarche précautionneuse,
mais un effort touchant pour ne pas effrayer, pour
faire comme à la surface, comme si tout ici était
normal.

J'observe sa progression avec passion.

À quelques mètres, soudain il plie. Va-t-il tomber, est-il décomposé, est-ce sa fin ?

Mais il se relève, et je vois qu'il tient dans ses
bras un pic. Son intelligence, sa vaillance
m'enchantent.

— Qui êtes-vous ?

— Oh, répond-il, je suis un des encordonnés,
mais vous voyez, j'arrive encore à marcher.

Il a une voix aussi, une voix véritable, nar-
quoise, charmeuse. Je tire sur le tentacule qui
m'emprisonne, je trépigne.

— Attention, dit-il, je ne suis quand même pas
de première agilité. Bon, maintenant levez les bras
en l'air, fermez les yeux, et espérons que je ne vais
pas faire trop de dégâts.

Le pic tombe, dérape.

— Je vous l'avais bien dit, ce n'est pas fameux,
fait la voix essoufflée.

Coups, grincements, éclairs soufre et écarlate

dans la tête, ah que s'arrête cette alliance déjà enchaînée à la souffrance, mais le pic tombe une dernière fois, le tentacule se fendille, je suis libre.

L'encordonné vacille dans sa tour de cordage, je le saisis dans mes bras, le soutiens.

– Je vais vous désencordonner, dis-je vivement en m'emparant du pic.

Mais il m'arrête avec terreur.

– Pas le pic, je ne tiendrai pas le coup, je tomberai en poussière, comme lui, comme eux...

« Non, reprend-il au bout d'un moment, vous ne pouvez rien pour moi. Seulement maintenant partez, remontez à la surface et ne pensez plus jamais à ce lieu.

– Je ne partirai pas sans vous.

Il ne m'écoute pas.

– Je ne supportais pas les visages, dit-il, je ne supportais rien. Je cherchais une découpe parfaite, pour passer au travers, en entier vous comprenez...

– Je vous en prie, venez, suivez-moi.

– J'attendais ma mesure exacte. En attendant je m'enfonçais... J'y prenais goût aussi.

Puis très vite, pour en finir.

– Un jour ma corde a craqué, je n'ai pu remonter. J'ai continué à me promener là, traînant ma corde derrière moi. Traînant ma corde derrière moi...

« Vous ne savez pas, continue-t-il sans s'occuper de mes prières, vous ne savez pas ce qui se passe,

c'est un hideux boa dont les anneaux ne cessent de
monter, montent jusqu'à votre visage. Une mort
garrottée dans le silence de la terre.

Sa voix s'éteint, puis revient avec une sorte de
pondération raisonnable qui me paraît plus insou-
tenable que tout le reste de son histoire.

— Naturellement il y a la compagnie. Lorsque
j'étais encore à la surface, je me croyais l'unique à
me balancer au fond d'un trou avec corde. J'en
tirais même une sorte de fierté. Eh bien, regardez-
nous, tous les mêmes. En tout cas, à nous raconter
nos histoires, à nous quereller et nous entortiller
toujours un peu plus, le temps ne passe pas si mal.
Du moins tant qu'aucun étranger ne vient nous
déranger. Mais vous êtes venue... Regardez, nous
étions déjà proches de la poussière, recouverts,
presque effacés. Et maintenant, tout est à refaire.

Je regarde autour du promenoir. Dans les allées
sombres, des troncs-cordes remuent, certains à
demi émergés, d'autres achevant de se dégager,
partout des emmêlements de cordes qui s'agitent,
gonflent, se tendent, et les parois ne cessent de
s'ébouler. Je regarde leurs reptations immobiles,
leurs efforts obscènes, je hais ces larves.

Je pense à ma corde, brillante et polie sous le
disque clair de l'ouverture, au point d'ancrage
bien solide en haut, à la douce frange en bas, à tout
ce système si simple et si bien constitué.

— Assez, dis-je, taisez-vous et laissez-moi faire.

Malgré sa terreur et mes tremblements, j'ai tiré

sur une petite torsade desserrée, j'ai défait sa tou-
relle rigide, je me suis glissée sous son bras. Derrière nous un affreux chuintement se rapprochait,
s'amplifiait.

— Ils veulent nous retenir, a-t-il murmuré. Laissez-moi, fuyez.

— Vite, ai-je dit.

Je l'ai entraîné, tiré, le long des couloirs à demi
obstrués, jusqu'au rond clair de ma cheminée, vers
la surface, à travers les gardiens, et puis dehors, au
milieu des rayons-scies.

Comme il avait l'air pâle dans la lumière de la
rue, comme son regard était triste ! J'entendais ses
paroles dans ma tête « traînant ma corde derrière
moi, traînant ma corde derrière moi... ».

— Il y a un endroit que vantent mes collègues,
ai-je dit, un endroit où on est soumis aux dernières
grandes découvertes, où on est placé dans un environnement compréhensif et réconfortant, où on
reçoit des visites. Voulez-vous y aller ?

— Vous viendez m'y voir ? a-t-il murmuré.

— Oui, ai-je dit.

Je l'ai porté jusqu'à l'hôpital. Après les formalités, j'ai eu le droit de le voir une dernière fois. On
l'avait installé à la table du dîner, au bout de la
rangée, en peignoir bleu comme les autres, il était
le plus grand, le plus jeune, mais sa tête penchait,
comme s'il ne pouvait la retenir. J'étais plantée à
la porte, je ne pouvais partir sur cette image. Enfin
il a réussi à relever la tête, m'a fait un petit signe,
un signe minuscule.

Je suis revenue seule par les rues, poursuivie par
une meute de rayons-requins, mais je me moquais
bien de ces affreux. Mon cœur était lourd comme
du plomb, s'ils voulaient le mordre, ils s'y casse-
raient les dents ! Non, cela ne me faisait plus peur,
tout cela. J'en avais même franchement assez. Je
suis entrée dans un café, boire une limonade, car il
fallait réfléchir maintenant. Comment affronter
les gardiens, quelle explication leur donner ?

Je les ai aperçus de loin, et c'était à n'y pas
croire. Car ils étaient dehors, non pas collés contre
leurs supports, non pas retranchés dans leur salle,
mais dehors, en grappe devant la porte, leurs sourires tendus en avant.

— Qui était-ce ? ont-il crié.

— Bah, personne, ai-je répondu en haussant les
épaules.

— Comment personne ?

— Juste le ramoneur.

— Quel dommage ! se sont exclamés les gardiens.

Comment, quel dommage ?

— Il était si beau, il avait l'air si doux, il
s'appuyait sur toi, il avait l'air de tant t'aimer, nous
l'aimions aussi...

Les voilà qui parlent tous ensemble, ils n'en ont
jamais tant dit à la fois, leurs yeux brillent, ils san-
glotent d'amabilité.

Innocents, doux innocents, triples imbéciles.

— Comment, que dis-tu, Nadia ?

– C'était un fou, leur crié-je en sautant par-dessus le remblai.

Je descends le long de ma corde aussi vite que je le peux, je suis à bout de nerfs. Mais ils me poursuivent jusqu'au remblai, ils se penchent par-dessus.

– Sale fille, crient-ils.

Aussitôt en bas, je secoue ma corde, je la leur fais sauter sur le nez. Ils reculent épouvantés.

Nadia déteste que les gardiens l'appellent Nadia.

22. *Une sonnette muette*

Je grimpe, je grimpe, fiévreusement, désespérément. Je pense à la corde, au visiteur, à tous les vieux problèmes.

Creuseries, menteries ! Cheminée, difficulté, danger ! Surface, ravage, carnage ! Je grimpe, je grimpe. Quoi encore ? Fond, abandon, désolation !

Et toi la corde, qu'es-tu ?

Tes anneaux spiralent les uns sur les autres, diligemment se suivent et se tiennent, tu ne dis rien. Torsades en hiéroglyphes, chanvre hermétique, on peut te tordre, vieille ficelle retorse, on peut te couper, te tronçonner, te hacher, tu ne livreras ni creux ni cachette, rien que d'autres fils appliqués à se suivre de la même façon.

Je tire, tire comme sur une sonnette, et qui vient ?

Juste un gardien, par désœuvrement ou molle intuition, qu'on entend traînant la jambe, s'attardant un peu, repartant.

Et toi la frange, mon enjôleuse, ma jolie, dérouleuse et enrouleuse de l'esprit, mon encre de Chine des pensées dans le clair-obscur sous la trouée, où donc est ton œuvre ?

Nadia sonne, sonne, la corde reste muette.

23. *Un appareil photographique*

Sur le remblai, bien en vue derrière une vitrine, noir et brillant, se tient quelque chose.

Ne pas croire en effet qu'il n'y a dans cette histoire que poils effilochés, stations terreuses, et prières au néant.

Je ne suis pas sans connaître bien d'autres choses, et si je m'en tiens à ce que j'ai décrit, c'est pour ne pas fabuler, ne pas palabrer. Mais il me faut avancer, finira-t-on par me croire, je suis prête à tout, j'irai à toute extrémité.

Et c'est ainsi que j'ai fini par voir ce qui trône là, dans la vitrine, sur le remblai.

Il apparaît que j'avais oublié cet élément de mon environnement. Ainsi il arrive que dans la multitude des soucis ou préjugés quotidiens, s'efface le moyen même de votre sauvetage. Je me découvre soudain riche de l'unique objet qu'il me fallait.

Un de ces objets fameux dont on parle si pro-lixement dans la salle des collègues, qui s'expose royalement en de nombreuses rues, et tout ce temps il y en avait eu ici même, bien en évidence au-dessus de mes yeux, tout prêt à fonctionner, et moi je m'acharnais sur ma corde, j'usais mes pen-sées et mes espoirs sur ses dures torsades, à me demander comment faire descendre mes visiteurs, à envisager toutes les catastrophes et félicités, des heures à tourner sur ma rondelle solitaire au fond de la cheminée, alors qu'il était là, le bel appareil de photographie et qu'avec lui, plus de souci.

Plus besoin de visiteurs et de visites, et de tout cet effroyable casse-tête. Il suffit de photo-graphier, et puis ensuite de montrer les photo-graphies. L'ombre de la corde sur les parois, la frange dans le clair-obscur et le remblai en relief, et l'ouverture lunaire, ce sera saisissant, ce sera admirable.

Ce n'est pas fini.

Car, découvrant l'appareil photographique, j'ai également découvert la photographe.

Pourquoi sans arrêt les pensées tournent-elles entre les collègues et les gardiens, et les impossibles visiteurs, et l'impossible et totale visite ? Ne sais-je pas que jamais un collègue et une corde n'iront de pair ?

Anagar n'est ni collègue ni gardien. A-t-elle été l'un ou l'autre, l'est-elle en proportion si faible qu'il y paraît à peine ?

Elle choisit soigneusement ses objectifs dans une valise de métal blanc à facettes argentées, elle les tient avec attention, avec précision, la main arrondie à la forme des cercles noirs. Ce geste m'émeut. Ne fais-je pas ainsi avec la corde ?

Bien sûr Anagar n'a jamais franchi le remblai. Son objet à elle est un objet royal, joyau des vitrines et favori des conversations, alors que ma corde ne sert qu'à passer quelques mètres d'une cheminée obscure, me faudra-t-il en rire, ma corde n'a rien du talisman et de plus prête à toutes les confusions.

Anagar viendra-t-elle dans ma cheminée ? Et une fois arrivée là, demandera-t-elle à me photographier sur ma corde, comme un singe sur une chaise ?

Les photographes passent par toutes sortes de simagrées, fesses de bébé sur coussins de velours, uniforme et robe blanche devant un arbre en fleurs, verres pourpres au bout de bras levés, sourires plâtrés. Contrairement à ce qu'on pourrait croire, ma vie avec la corde ne m'éloigne pas de l'observation, je pourrais en remplir un roman. Hélas, les romanciers s'occupent de leur roman, et moi je m'occupe de Nadia, nous n'en sommes pas au même point !

– Pas mal, ton endroit, me dit Anagar après avoir salué les gardiens et sauté sur la corde.

Clic clac, cliché sur cliché, Anagar travaille vite.

– Pas pratique cependant, dit-elle en introduisant un nouveau film dans sa boîte.

Elle est sur le rond de terre, à demi couchée, elle mitraille les parois. Moi, sur ma corde perchée, je l'observe.

– J'ai fait les déserts, les ruines, les carrières souterraines, les usines désaffectées. Ton trou, ça y ressemble.

J'ai envie de la mordre, et presque aussitôt envie de m'épancher. Qu'un certain air ne vienne pas sur moi, un air qui ne trompe pas, car alors tout serait changé, Anagar ne répondrait plus au téléphone, n'aurait plus de rendez-vous pour moi, ne saurait plus descendre à la corde. Il ne faut pas que je regarde ses mains, ses mains fortes et précises qui encerclent les objectifs comme j'enserre ma corde. Le relâchement guette, Nadia prends garde, pense aux encordonnés, ne compromets pas ton avenir.

– Es-tu mariée ? dis-je.

Anagar referme sa valise aux facettes argentées.

– Je t'enverrai un carton pour l'exposition, dit-elle. Donne-moi ton adresse.

– Mon adresse ?

– Je suppose que tu n'habites pas ce trou, dit-
elle en riant.

Son rire est froid comme une lame.

Elle saute sur la corde, elle grimpe plus vite que
moi, elle me bat sur mon propre terrain, quelle
humiliation.

Arrivée en haut, vigoureusement elle secoue
son blouson, « pardon », dit-elle aux gardiens, « ce
n'est rien, nous balaierons », disent-ils avec
componction. « Je vous enverrai mon homme de
ménage », dit-elle comme si elle n'avait pas
entendu. « Je vous en prie, répondent les men-
teurs, nous avons le nôtre. »

Comme elle sait bien faire avec les gardiens,
comme ils savent bien faire avec elle, comme ils
m'abasourdissent tous.

– Tu m'as posé une question tout à l'heure, dit-
elle négligemment à la porte.

Ma question, oui, comment l'aurais-je oubliée ?
Il me faut bien la répéter.

– Es-tu mariée ?

Alors elle se redresse, elle me toise, son regard
est méprisant, triomphant.

– Je ne photographie pas les gens.

C'est la réponse d'Anagar.

Et vlan la porte.

Dans la salle autour du remblai, Nadia et les
gardiens balaient sans mot dire.

Ils n'en mènent pas large.

Ni eux ni elle.

24. *Le creuseur*

Après cela, je m'en vais creuser un peu.

Pas très loin, pas très profond, mais un peu quand même.

Ni tabagie ni beuverie pour Nadia, juste une petite creuserie, une fois encore, pour se remettre, car elle est éprouvée Nadia, c'est certain.

D'ailleurs le pic me tient à peine à la main, je ne creuse pas, je gratte. Je ne gratte pas, je tremble.

Or voici qu'un pic, un vrai pic en pleine activité, en face de moi se dresse, abat deux rocs de part et d'autre, s'immobilise à mi-course. Est-ce le mien ? Ce n'est pas le mien, le mien est à terre, il y a quelqu'un là en cet endroit.

Il peut donc encore se passer des choses ici, tout n'est donc pas fini, creuserie féerie, je suis émue, très émue.

L'autre en face n'a pas l'air particulièrement surpris.

Je balbutie :

– Quelle rencontre miraculeuse...

– Nous aurions pu nous faire mal, fait-il remarquer, presque offusqué, examinant son pic et l'époussetant avec soin.

– Que faites-vous ici ? dis-je de plus en plus
agitée.

– Je creuse. Et vous ?

– Je creuse.

Un creuseur comme moi, peut-être un visiteur !
Je fais passer mon pic d'une main dans l'autre. Le
silence devient embarrassant. Le creuseur semble
déjà vouloir se remettre au travail. Quoi, ce serait
tout, « je creuse » et puis bonsoir !

– Avez-vous rencontré les encordonnés ? dis-je
très vite, au hasard.

Il fait un geste vague de la main.

Passants du fond, passants de la surface, seriez-
vous donc tous semblables ?

Je lui raconte pourtant, les allées sombres, ces
pauvres êtres ensevelis, les chuintements affreux,
celui qui marchait...

– Ah, dit-il, médiocrement intéressé, intéressé
pourtant, l'avez-vous abattu, a-t-il résisté ?

Dans ma douleur, je lui balancerais mon pic sur
la tête. Heureusement je n'ai pas parlé de ma
corde, j'ai encore ma corde pour moi, cette omis-
sion me calme, j'élude poliment :

– Et vous, lui dis-je, pourquoi creusez-vous ?

La question semble lui plaire. Il s'exprime longuement, accoudé sur l'objet de son discours.

Nous nous rencontrerons souvent, ce creuseur
et moi, et cela se passera toujours ainsi :

– Tiens, qu'est-ce que vous faites ?

– Je creuse, et vous ?

– Je creuse aussi.
– Naturellement.
– Naturellement.

25. *Les portraits*

Je ne suis pas lâche. Je monte à la surface chaque jour, plusieurs fois par jour. Je sors dans la rue violente, je marche entre les façades acérées, je trace mes traces et me débrouille avec les figures qu'elles font et celles que font les autres, et puis aussi avec les nouvelles figures nées des emmêlements de mes figures et de celles des autres, sur fond cru de lumière.

Et je les retrouve là-haut, mes collègues. Ma joie est grande, je les serrerais dans mes bras, les chers pantins de la surface. Ah si la lumière pouvait émousser ses couteaux, si la terre pouvait nous étreindre là en surface, si les paroles coupantes pouvaient s'y absorber comme dans un grand nuage moelleux, si cela arrivait une fois au moins, s'il y avait au moins un souvenir, la trace d'un souvenir... Les collègues sont dans leur salle comme sur une croûte plate, je ne les serre pas dans mes bras, je suis époumonée, Anaka, tu comprends de quoi je parle ?

– Bien sûr, dit-elle. Le problème est de traduire.

Qui est Anaka ? C'est une collègue, une collègue qui traduit.

Rien de ce que je dis ne l'étonne, elle travaille avec méthode, avec application, elle m'est d'un grand repos. Jamais je ne lui demande ce qu'est sa traduction. Je saute, pleure et m'agite, elle ne cille pas, ouvre ses livres, prend ses notes. Après nous allons au cinéma ensemble. Son regard est calme, pensif. Cependant elle préfère ne pas venir sur ma corde. Ce n'est pas une personne de terrain.

En montant et descendant le long de ma corde, je pense à Anagar, qui n'est pas une collègue et qui photographie, à Anaka, qui est une collègue et qui traduit, aux gardiens qui ne photographient ni ne traduisent.

Les choses se précipitent.

Un enfant s'est adjoint à moi, il me suit partout dans la salle des gardiens, j'ai peur qu'il ne tombe dans la cheminée, je hausse le remblai, je cours, parcours sans relâche la surface, pour lui chercher des pantalons, un ballon, des patins à roulettes. Je lui prête ma corde pour sauter, Anagar lui donne des leçons de photographie, Anaka des leçons d'élocution, les gardiens m'ont presque oubliée, ils balaient sans cesse pour l'enfant, le mari d'Anaka m'a construit un escalier, sur les parois de l'ancienne cheminée il y a les portraits d'Anagar, d'Anaka, de l'enfant.

Je m'assois sur les marches de l'escalier tout

neuf, je n'entends plus les bruits de la terre, ai-je perdu mon âme ?

La question de l'âme est-elle une bonne question pour Nadia ?

26. *Un monument*

Dans la plaine au-delà de la ville, des taches sombres se détachent, chaque tache est un monticule, il y a des dizaines de monticules en alignements concentriques. La nuit se retire, le jour commence à paraître, des rayons blêmes s'activent, agglutinés autour des contours.

Je gravis l'une des pentes, les monticules sont en fait des remblais, tous semblables ou presque, avec une corde à demi rongée, émergeant d'une paroi, et qui coule à l'intérieur dans une fosse presque comblée.

Un vent passe, soulevant un nuage de poussière, les cordes se mettent à sinuer faiblement, il me semble entendre l'ancien chuintement sous la terre.

Il n'y a rien à voir ici, il n'y aura jamais rien, pas de pierres tombales, pas d'inscriptions aimantes, pas de passants un instant attardés. Je jette un dernier regard. C'est la plaine des cratères, le lieu le plus désolé de la terre, qui n'est ni de la surface ni du fond, qui devrait être sur la lune. J'inscris ce paysage en moi, en moi désormais il aura son monument, puis je tourne les talons, je vais repartir, j'ai le cœur lourd.

— Holà, là-bas !

Il y a quelqu'un sur un autre monticule, et ce quelqu'un gesticule à tour de bras, il rit, il crie :

— Holà, je ne suis pas un revenant !

— Que voulez-vous ?

— Que tu me tiennes ma scie.

Quoi encore, me dis-je, le vent qui rase ces tumulus, et toutes ces cordes pitoyables qui se soulèvent un instant et retombent, et celui-là, maintenant qui gigote comme un moulin à vent, qui veut que je tienne sa scie !

Je le rejoins à toute allure, et soudain je hurle :

— Salaud !

— Comment ?

Il y a un tas hétéroclite à ses pieds. Je donne des coups de pied dedans, je le démolis, le disloque.

— Crapaud, corbeau, salaud !

L'autre ne fait pas un geste, il regarde le saccage d'un air navré, il me regarde aussi :

— Tu t'es fait mal, dit-il.

— Oui, dis-je, abattue maintenant.

Un pic ébréché m'a entaillé la main.

— Je vais te soigner, dit l'inconnu.

Ses gestes sont habiles, son regard doux et vif.

— Vois-tu, dit-il, je récupère.

— Profanation !

– On trouve de tout ici, des pics, des cordes, des pierres, même des barreaux de chaise.

– Profanation et vol !

– Je récupère et puis je reconstruis.

– Vous reconstruisez ?

Il sourit.

– Regarde, dit-il.

Je lève les yeux.

À quelques mètres derrière lui, dans un cratère, se dressent d'étranges merveilles, tables de verre incrustées de pierres, trônes de roi en manches de pic sculptés, sièges légers en entrelacs de corde, tout un mobilier inouï, Ecci, Ecci, pourquoi fais-tu ces choses ?

– Bon, tu ne peux plus tenir ma scie maintenant, alors partons.

Un jour brillant se lève enfin, les rayons semblent avoir terminé leur curée, ils se sont repliés haut dans le ciel d'où ne s'épand plus qu'une lumière large et chaude et tranquille.

Nous revenons dans la camionnette d'Ecci, elle cahote entre les monticules, les meubles bringuebalent à l'arrière dans un concert allègre, nous roulons entre les façades, « Oh, dit Ecci, le soleil du matin qui danse sur les vitres ».

Nous passons devant une grande bâtisse en cours de ravalement. Quatre petites tours crénelées sur les côtés lui donnent l'air d'un château. Les grands remparts où les fenêtres encrassées ne s'ouvraient jamais sont devenus d'un blanc laiteux et on distingue maintenant le bandeau de mosaïques bleu et doré qui court tout du long à mi-hauteur. Trois drapeaux colorés cabriolent sur la façade. Des ouvriers juchés sur le médaillon des armes de la ville sont en train de poncer en sifflotant.

— Magnifique bâtiment, dit Ecci, j'en ferais bien mon atelier !

Ce bâtiment, c'est celui de la salle des collègues.

Des collègues justement arrivent par le trottoir, ils m'aperçoivent dans la camionnette arrêtée au feu rouge, font un geste d'aimable surprise.

— C'est là que je travaille, je dois descendre.

— Nenni, dit Ecci, aujourd'hui congé.

— Pourquoi ?

— Patience !

Nous voilà dans la rue des gardiens, il y a des voitures rangées tout du long comme des scarabées accrochés à la queue leu leu. Autour de l'une d'elles, un groupe de gens s'active avec des peaux de chamois, un enfant juché sur le toit bat des mains.

— Zut, dit Ecci, il faut que je leur demande de déplacer leur voiture.

Je me rencogne avec effroi dans la camionnette, glisse un œil cependant. Ce que je vois dépasse presque mon entendement.

Ecci gigote en balançant les bras comme un moulin à vent, et les nettoyeurs, au lieu de lui lancer des pierres, hochent la tête, sourient. En une seconde le véhicule est déplacé, la camionnette prend sa place.

— Délicieux, ces gens, dit Ecci.

Ces gens, ce sont les gardiens.

Et nous voilà dans cette lueur éclatante du jour que je vois enfin dans sa splendide floraison, nous voilà poussant et tirant tout ce mobilier délirant, le descendant par l'escalier de la cheminée, l'installant tout en bas sur le rond de terre, ma solitaire rondelle de terre battue qui n'en peut mais, mais ne proteste pas.

— Cela fait un bel appartement, dit Ecci, tout ému.

Il regarde la corde qui balance subtilement dans la cheminée, je la regarde aussi, nous nous regardons.

— C'est ce qu'il fallait faire, dit-il doucement.

— Oui.

— Un monument pour eux, ici.

— Oui, dis-je la voix presque étranglée.

— Et maintenant hop au boulot, j'ai ma scie à réparer.

Et le voilà parti.

On entend quelques salamalecs en haut dans la salle, un bruit de moteur dans la rue. Je guette quelques instants, pelotonnée sur le gracieux fauteuil de cordage qui trémule doucement, au rythme de mon cœur, comme une balancelle. Rien là-haut, que le bruit ordinaire de la vie quotidienne.

« Les gardiens s'améliorent », se dit Nadia.
Dans la balancelle, elle s'endort.

27. *Un chapeau*

Ezeu est venu.

Son chapeau d'abord s'est déposé sur le remblai,
puis son écharpe rouge s'est déroulée, lui-même
n'est pas apparu. Il s'est assis en tailleur, adossé
contre le remblai, du côté de la salle.

Je me suis adossée contre le remblai moi aussi,
du côté de la cheminée.

Tout de suite il m'a parlé de ma corde.

Il en savait plus sur elle qu'Anagar, Anaka, Ecci
et l'enfant réunis, il en savait plus long que moi,
plus que la corde elle-même.

Il la dépassait en torsades, spirales, enfilements
de fils serrés et rigoureux raisonnements, il la
dépassait en torsions, remous, balancements, je
n'avais jamais rien entendu de semblable. Et moi
je pensais à ses poils effilochés, ses plaques pelées,
son nœud grossier et toutes les stations terreuses
sur le rond de terre. Mais il y avait pensé aussi, à la
fin je ne pensais plus rien.

La première fois que quelqu'un me parlait de
ma corde, et je n'avais rien à dire. Mais cela aussi,
Ezeu l'avait pensé.

Il est reparti avec son chapeau et son écharpe rouge, marchant au milieu de la salle comme s'il n'était pas un, mais deux, trois, une tribu entière à son commandement. Je n'avais jamais rien vu de si beau, les gardiens étaient au garde-à-vous, médusés contre leurs supports.

Si je n'en parle pas plus longuement, c'est qu'il faut avancer, il faut se presser, le mariage de Nadia approche.

Sur les parois de la cheminée, il y a les portraits d'Anagar, d'Anaka, du mari d'Anaka, de l'enfant, d'Ecci, d'Ezeu. Il y a le monument des meubles à entretenir, les soins à donner à l'ex-encordonné, il y a les gardiens, les collègues, et même l'affreux creuseur de temps en temps.

Cela fait tout un encombrement. Nadia ne pense plus aux visites, ne pense plus aux visiteurs, elle est très loin de son mariage, elle court à la surface.

28. *Le mariage de Nadia*

À la surface, le découpage avait repris sa folie de carnage, c'était un vrai carnage cette fois, bien autre chose qu'un cisaillage des rayons-scies, il y avait des explosions, des tirs de grenades, des gaz lacrymogènes. Nadia s'est retrouvée dans un long

cortège, plus de corps qu'elle n'en avait jamais vu
ensemble, des paroles pleuvaient partout en tes-
sons de bouteille, des journaux volaient dans l'air
glacé, le sang giclait, le flot énorme coulait entre
les façades, d'une fenêtre quelqu'un tirait sur la
foule, j'ai ramassé un fusil et j'ai tiré vers la
fenêtre, soudain plus personne, un silence de
mort, puis une galopade qui se rapprochait.

Alors j'ai pensé à ma corde. Je n'en pouvais plus
de tout cela, je voulais retrouver ma cheminée
nue, la trouée pâle en haut, le rond obscur en bas,
ma corde.

La porte de la salle des gardiens avait sauté, la
salle était pleine de fumée et de gravats, j'ai couru
derrière le remblai, ils étaient tous là, en bas, à
l'abri dans ma cheminée, sauvés, miraculés, et très
occupés.

Mais il y avait quelqu'un d'autre.

Quelqu'un sur ma corde.

Sur MA corde !

Tout enlacé à elle, nu comme un ver, il chan-
tonnait, et la caressait et la faisait tourner. Vraiment il s'amusait.

De saisissement, j'ai failli tomber, la grande et
totale chute.

– Lâchez cette corde, ai-je crié !

Aussitôt il a sauté à terre. Moi, en haut, aussitôt
j'ai attrapé la corde, et comme je descendais,
pleine de fureur et le fusil en joue, il a commencé

à donner de petits coups sur la frange. La corde s'est mise à sauter et tressauter, et le mouvement s'accélérait, le fusil est tombé, je m'accrochais comme un singe, à tout va, de tous côtés, éperdue.

La corde dansait, comme une escarpolette de jeune fille, comme une balançoire d'enfant, elle dansait, légère, déhanchée, sans souci. Elle pouvait être d'une telle futilité, ma corde. Sans se départir de sa densité, sans s'oublier jamais dans la continuation de ses fils. Elle vous prenait sur elle comme un oiseau sur un jonc, comme une coccinelle à la pointe d'une feuille, comme un ballon sur une vague.

Et elle allait, elle allait, tournant sur elle-même comme un toton, tandis que les bombes recommençaient à pleuvoir, j'avais le vertige, j'avais le fou rire, je me tenais à peine de rire, j'ai fini par tomber, comme un fruit mûr, tout droit dans les bras du visiteur, au milieu des autres qui regardaient, stupéfaits.

Ainsi s'est fait le mariage de Nadia.

DU MÊME AUTEUR

Aux Éditions Gallimard

MÉTAMORPHOSES DE LA REINE. (Goncourt de la nouvelle 1985.) Folio, n° 2183.

NOUS SOMMES ÉTERNELS, *roman.* (Prix Femina 1990.) Folio, n° 2413.

ALLONS-NOUS ÊTRE HEUREUX?, *roman.*

Aux Éditions Julliard

HISTOIRE DE LA CHAUVE-SOURIS, *roman.* (Avant-propos de Julio Cortázar.) Folio, n° 2245.

HISTOIRE DU GOUFFRE ET DE LA LUNETTE, *nouvelles.*

HISTOIRE DU TABLEAU, *roman.* (Prix Marie-Claire Femmes.) Folio, n° 2247.

LA FORTERESSE, *nouvelles.*

Composé et achevé d'imprimer
par la Société Nouvelle Firmin-Didot
à Mesnil-sur-l'Estrée, le 20 avril 1995.
Dépôt légal : avril 1995.
Numéro d'imprimeur : 30104.
ISBN 2-07-039294-5/Imprimé en France.

70463